文学常识丛书

诗中山

翟民　主编

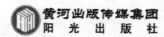

黄河出版传媒集团
阳光出版社

图书在版编目（CIP）数据

诗中山 / 翟民主编. —— 银川：阳光出版社，
2016.7（2020.12重印）
（文学常识丛书）
ISBN 978-7-5525-2725-4

Ⅰ.①诗… Ⅱ.①翟… Ⅲ.①古典诗歌－诗歌欣赏－
中国－青少年读物 Ⅳ.①I207.2-49

中国版本图书馆CIP数据核字(2016)第157312号

文学常识丛书　诗中山　　　　　　　　　　　　翟民　主编

责任编辑　金小燕
封面设计　民谐文化
责任印制　岳建宁

黄河出版传媒集团
阳　光　出　版　社　出版发行

出 版 人　薛文斌
地　　址　宁夏银川市北京东路139号出版大厦（750001）
网　　址　http://www.ygchbs.com
网上书店　http://www.shop129132959.taobao.com
电子信箱　yangguangchubanshe@163.com
邮购电话　0951-5047283
经　　销　全国新华书店
印刷装订　河北燕龙印刷有限公司
印刷委托书号　（宁）0019167

开　　本　710 mm×1000 mm　1/16
印　　张　10
字　　数　120千字
版　　次　2016年11月第1版
印　　次　2021年1月第2次印刷
书　　号　ISBN 978-7-5525-2725-4
定　　价　30.00元

前　言

　　源远流长的中华五千年文化，滋养着生生不息的中华民族。那些饱含圣贤宗师心血的诗歌、散文，历经了发展和不断地丰富，融入了中华民族的血脉，铸就了中华民族的脊梁，毋庸置疑地成为宝贵的文化遗产、永恒的精神食粮、灿烂的智慧结晶。然而受课时篇幅所限，能够收入到中小学教科书的经典作品必定是极少数。为此，我们精心编辑了这一套集古代经典诗歌分类赏析、古代经典散文分类赏析为一体的《文学常识丛书》。

　　本套丛书包括：古代经典诗歌分类赏析共十册——《诗中水》《诗中情》《诗中花》《诗中鸟》《诗中雨》《诗中雪》《诗中山》《诗中日》《诗中月》《诗中酒》；古代经典散文分类赏析共十册——《物华风清》《人和政通》《诙谐闲趣》《情规义劝》《谈古喻今》《修身养性》《奇谋韬略》《群雄争锋》《逝者如斯》《天下为公》。

　　读古诗，我们会发现诗人都有这样一个特征——托物言志。如用"大鹏展翅""泰山绝顶"来抒发自己对远大抱负的追求，用"梅兰竹菊""苍松劲柏"来表达自己对崇高品格的追慕；用"青鸟红豆""鸿雁传书"寄托相思，用"阳关柳色""长亭古道"排解离愁，用"浮云"来感慨人生无常、天涯漂泊，用"流水"来喟叹时光易逝、岁月更替，用"子规"反映哀怨，用"明月"象征思念……总之，对这些本没有思想感情的自然物，古代诗人赋予它们以独特的寓意，使之成为古诗中绚丽多彩的意象。正是这些意象为古诗增添了无穷的魅力。

　　古典散文同样也散发着艺术的光辉，但更引人瞩目的是它所蕴含的思想精华,或纵论古今,或志异传奇,或微言大义,或以小见大,读后不禁让我们对古人睿智的思想和优美的文笔赞叹不已。

希望能通过这套丛书,使广大中学生对祖国光辉灿烂的文化遗产有一个更深刻的认识。

编者

目　录

作者简介

帛道猷（公元 326—390 年），本姓冯，山阴（今浙江绍兴附近）人，居若邪山。少以篇牍著称，性率素，好林泉，一吟一咏，有濠上之风。

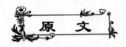

陵峰采药触兴为诗

连峰数千里,修林带平津。

云过速山翳①,风至梗荒榛。

茅茨隐不见,鸡鸣知有人。

闲步践其径,处处见遗薪。

始知百代下,故有上皇民。

① 翳:音 yì,遮蔽。

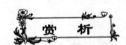

此诗描写了诗人入山采药的情景,由景入情,笔调悠闲自然。头两句是大笔勾勒:青山起伏,千里相连;山麓之下,长川缓缓流淌于茂林之中。这是描写山林的静态。接下去是细部点染:轻云拂掠,远山朦胧;山风起处,荆榛摇动。这是写山林的动态。大笔勾勒与细部点染相配,动态与静态相映,构成了一幅气韵生动的山林图景,好像情景就在我们眼前,有一种身临其境的感觉,也给读者有丰富的想像空间。

"茅茨"以下由写景转为写人。深山不见人迹,只听见远处传来几声鸡鸣，方知深山密林之处有人家；沿山径款款而行，只见路边有被遗弃的薪柴，故而知道山中向来是幽人高士隐居之所。至此淡然收笔，留下无穷韵味。

此诗虽是以写景为主，却处处透出诗人闲适自得的情怀，也反映出了诗人那独特的视角，寄情于景，炉火纯清。所以王夫之评论此诗说："宾主历然，情景合一。"

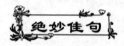

闲步践其径，处处见遗薪。

始知百代下，故有上皇民。

作者简介

陶渊明(公元365—427年),一名潜,字元亮,浔阳柴桑(今江西九江)人。青壮年时,有过建功立业的抱负,先后任江州祭酒、镇军参军、彭泽县令等小官。因不满政治腐败、官场黑暗,又不肯降志辱身迎合权贵,于是在405年,41岁时弃官归田,此后一直过着"躬耕自资"的隐居生活。陶渊明现存的作品,大都写于归隐之后,有诗一百六十多首,辞赋散文等十多篇。在这些作品中,作者写农耕劳动,写与农民的交往,写农村恬静优美的自然景色,着力表现了自己田园生活的怡然自得之乐。情意真切,格调清新,简洁含蓄,富有韵味,与当时颇为泛滥的玄言诗、山水诗大不相同。此外,陶渊明有部分诗文,抒发了对污浊现实的不满,表现出愤世嫉俗之情。作品集有《陶渊明集》。

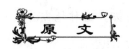

归田园居五首其四

久去山泽游①，浪莽林野娱②。

试携子侄辈，披榛步荒墟③。

徘徊丘垄间，依依昔人居④。

井灶有遗处，桑竹残朽株⑤。

借问采薪者，此人皆焉如⑥？

薪者向我言，死没无复余。

一世异朝市⑦，此语真不虚。

人生似幻化⑧，终当归空无。

诗中山

5

①去：离开。游：游宦。这句是说离开山泽而去做官已经很久了。

②浪莽：放荡、放旷。这句是说今天有广阔无边的林野乐趣。

③试：姑且。榛：丛生的草木。荒墟：废墟。这两句是说姑且携带子侄，拨开丛生的草木，漫步于废墟之中。

④丘陇：坟墓。依依：思念的意思。这两句是说在坟墓间徘徊，思念着从前人们的居处。

⑤杇（wū）：涂抹。这两句是说这里有井灶的遗迹，残留的桑竹枯枝。

⑥此人：此处之人，指曾在遗迹生活过的人。焉如：何处去。

⑦一世:二十年为一世。朝市:城市官吏聚居的地方。这种地方为众人所注视,现在却改变了,所以说"异朝市"。这句和下句是说"一世异朝市"这句话不假。

⑧幻化:虚幻变化。这句和下句是说人生好像是变化的梦幻一样,最终当归于虚无。

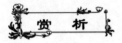

赏析

　　这首诗是陶渊明所写《归田园居五首》的第四首。作者之所以毅然弃官归田,为的是复返自然,以求得人性的回归。这首诗的前四句写归田园后偕同子侄、信步所之的一次漫游。首句"久去山泽游",是对这组诗首篇所写"误落尘网中""久在樊笼里"的回顾。次句"浪莽林野娱",是"羁鸟恋旧林,池鱼思故渊"的作者在脱离"尘网"、重回"故渊",飞出"樊笼"、复返"旧林"后,投身自然、得遂本性的喜悦。这句中的"浪莽"二字,义同放浪,写作者此时无拘无束、自由自在的身心状态;句中的一个"娱"字,则表达了"性本爱丘山"的作者对自然的契合和爱赏。从第三句诗,则可见作者归田园后不仅有林野之娱,而且有"携子侄辈"同游的家人之乐。从第四句"披榛步荒墟"的描写,更可见其游兴之浓,而句末的"荒墟"二字承上启下,引出了后面的所见、所问、所感。

　　陶渊明的诗大多是即景就事,平铺直叙,在平淡中见深意、见奇趣。这首诗也是一首平铺直叙之作。诗的第五到第八句"徘徊丘垄间,依依昔人居,井灶有遗处,桑竹残朽株",紧承首段的末句,写"步荒墟"所见,是全诗的第二段。这四句诗与首篇中所写"暧暧远人村,依依墟里烟。狗吠深巷中,鸡鸣桑树巅"那样一幅生机盎然的田园画适成对照。这是生与死、今与昔的对照。既淡泊而又多情;既了悟人生而又热爱人生的作者,面对这世

文学常识丛书

间的生与死,时间的今与昔问题,自有深刻的感受和无穷的悲慨。其在"丘垄间"如此流连徘徊、见"昔人居"如此依依眷念、对遗存的"井灶"和残朽的"桑竹"也如此深情地观察和描述的心情,是可以想像、耐人寻味的。

诗的第九到第十二句是全诗的第三段。前两句写作者问;后两句写薪者答。问话"此人皆焉如"与答话"死没无复余",用语都极其简朴。而简朴的问话中蕴含作者对当前荒寂之景的无限怅惘、对原居此地之人的无限关切;简朴的答话则如实地道出了一个残酷的事实,而在它的背后是一个引发古往今来无数哲人为之迷惘、思考并从各个角度寻求答案的人生问题。

诗的第十三到第十六句"一世异朝市,此语真不虚,人生似幻化,终当归空无",是最后一段,写作者听薪者回答后的所感。这四句诗参破、说尽了盛则有衰、生则有死这样一个无可逃避的事物规律和自然法则。诗句看似平平淡淡,而所包含的感情容量极大,所蕴藏的哲理意义极深;这正是所谓厚积而薄发,也是陶诗的难以企及之处。我们在这里所领悟的不是一种学说,而是一种情趣、一种胸襟、一种具体的人格"。读陶渊明的诗,可以看到他内心的境界、智慧的灵光,及其对世事、人生的了悟。

绝妙佳句

一世异朝市,此语真不虚。

人生似幻化,终当归空无。

作者简介

　　谢灵运(公元 385—433 年),祖籍陈郡阳夏(今河南大康),出身于东晋大族,是谢玄的孙子,袭康乐公,因称"谢康乐"。刘宋代晋,降公爵为候。宋少帝时,出为永嘉太守,不久辞官,东归会稽。文帝时,为临川内史。元嘉十年公元年获罪被诛。他性喜山水,是第一个大量创作山水诗的诗人。

登石门最高顶

晨策①寻绝壁,夕息在山栖②。

疏峰抗高馆③,对岭临回溪④。

长林罗户庭⑤,积石拥基阶⑥。

连岩⑦觉路塞,密竹使径迷。

来人忘新术⑧,去子⑨惑故蹊。

活活夕流驶⑩,嗷嗷夜猿啼。

沉冥⑪岂别理,守道自不携。

心契九秋干⑫,日玩三春荑⑬。

居常以待终⑭,处顺故安排。

惜无同怀客,共登青云梯⑮。

①策:拿起手仗。

②栖:居住。

③疏峰:远峰。抗:对峙。

④回溪:弯弯曲曲的溪水。

⑤长林:高大的林木。罗户庭:排在门前。

⑥基阶:墙脚和台阶。

⑦连岩:山岩连着山岩。

⑧来人:指上山的人。来:小路。

⑨去子:指下山的人。

⑩活活:水流动之声。驶:水流得很快。

⑪沉冥:沉浸在默想之中。

⑫契:吻合。九秋干:指在深水中傲霜挺直的公柏。

⑬三春荑:春天草木幼生的嫩叶。

⑭同怀客:志同道合的人。

⑮青云梯:上天的路,比借喻同走隐居的道路。

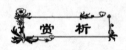

赏 析

石门山,在今浙江嵊县,谢灵运《游名山志》说:"石门涧六处,石门溯水,上入两山口,两边石壁,后边石岩,下临涧水。"又云石门为己南居。谢灵运集中更有《石门新营所住,四面高山,迥溪石濑,茂林修竹》诗、《石门岩上宿》诗,等等。认为是宦海挫折,归隐时写的,但具体时间现在难以确定。有的选本谓《石门新营所住》诗为景平元年(公元 423 年)由永嘉归隐作。本诗为元嘉五年(公元 428 年)由秘书监任,不得意称疾东归后作。似并无确据。

全诗分三个层次。起二句点题,写晨登夕栖。"疏峰"以下十句,写宿山之所见、所闻。"沉冥"以下八句:即景抒情,结出诗旨。诗中的情理,仍不外乎谢客归隐诗之常径,一归之于庄子与大道合一,居常处顺,随缘推移,以养生终年之论;而其实则含隐有因仕途失利而生的愤懑不平,所谓安命云云,多少带有一种自我排遣的意味。诗的佳处是融情造景的精致有含与结构布局上的顺逆疏密,二者相合形成全诗森然傲兀的意态。

诗中的景物全由第二句"夕息"二字生发,以所宿之"高馆"为中心视点,写视觉与听觉印象。"疏峰抗高馆,对岭临迥溪。"先总写高馆位置。疏即分疏、整治之意,抗即举也。有人将"抗"解为对抗之抗,谓上句是高馆对疏峰之意。似是而实非,因下句有"对岭"二字,岂非相重?其实上句句法一同于班固《西京赋》"疏龙首(山)以抗殿",此馆分疏山峦而高踞峰顶,又遥对岭崖,深临回溪,真有独立中天,俯视万类之势。由高馆向下望去,近处是高木成林拱卫着山馆,乱石堆砌簇拥着阶基,人工的馆舍与自然的石木连成了一体。再举目远望,山岩叠连,竹林密排,使望中山路似断似续,曲曲弯弯,夜色中显得似有若无,迷迷离离。这景况当使来者失路徘徊,去者因找不到归径而迷茫。身居于此山之中,远处传来活活……活活……的声响,那应是山泉在暝色中流驶吧;噭噭连声,此起彼伏,正是那山中猿猱在夜月下悲啼。这时清森卓拔的山居又笼罩上一层凄迷空漠的色调,于是诗人自然从这"沉冥"之境中生发出了前述的感想。

诗中山

11

这首诗大运用最成功的是虚实相间,营造气氛,融情入景。所见之与所闻合写,本已有虚实之感,但这在常人尚容易做到。难能的是谢灵运又一次出色地运用了他最谙熟的"隔"法,用"来人忘新术,去子惑故溪"二句虚写,把所见与所闻隔作二层写。隔的作用不是分整体为二,而是为了更好地熔二层为一,颇有艺术辩证法的意味在。试想前数句所写山景,虽然结末用了"塞""迷"二字,但是总的形象是孤兀倔奇的,如径接"夕流""夜猿"二句,虽也可以,但效果不会好,唯因这二句中"忘""惑"二字作一逗顿,方使前文"塞""迷"之感充分舒展,然后夕流活活,夜猿噭噭,才能产生弥山漫谷的凄迷空漠气氛,再以"沉冥"二字收束点睛,玄理的阐发才能情理相融。

这首诗诗境非常深邃,试想这高馆的形势:沉沉夜色,隐隐夜阑,冥冥濛濛之中浮起群山,群山影影忡忡又拥起一峰,一峰独立又托起高馆孤峙。

这沉冥中有傲兀之意的景象正是谢客以幽愤之怀论玄妙之理心态的写照，正与末段抒情议论中"心契九秋干，目玩三春荑"——心同深秋贞木之坚挺，神同三春柔叶之舒闲相应，于是融情入景更转为景情理圆融一体，足见谢诗命意造景之深曲。

诗的构思也别具一格，题为"登石门最高顶"。却不写登的过程，而由在最高顶上夜望，将来时景物一一倒写补出，中间以"来人""去子"两句接应，至结末再以"惜无同怀客，共登青云梯"呼应，草蛇灰线，浑然一体。这样写并非故意玩弄技巧，而是为起处即造成峻拔的形态，再借中段的"沉冥"气氛烘托，使结尾慨叹无"同怀客"，深沉而有孤芳自赏之致。

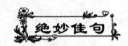

绝妙佳句

晨策寻绝壁，夕息在山栖。

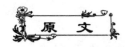

登江中孤屿

江南倦历览，江北旷周旋①。

怀新道转迥②，寻异景不延③。

乱流趋正绝，孤屿媚中川④。

云日相辉映，空水共澄鲜⑤。

表灵物莫赏，蕴真谁为传⑥。

想象昆山姿，缅邈区中缘⑦。

始信安期术，得尽养生年⑧。

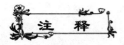

①历览：遍览，游遍了。旷周旋：久不游览。旷：荒废，耽搁。周旋，应酬，打交道，这里指前去游赏。这二句是说永嘉江的南岸已经游赏多次，而江北却很久没去了。

②迥：迂回。这句是说因为心里急于要探寻奇景新境，所以反而觉得道路太远了。

③景：日光，指时间。延：长。这句是说因要找寻奇异的景物，所以更感到时间太短促。

④乱流：从江中截流横渡。趋：疾行。媚：优美悦人。中川：江水中间。这二句是说船正迅速地从江中横渡，突然发现优美动人的孤屿山在江流中

间挡住了去路。

⑤空水:天空和江水。这二句是说天上的彩云、丽日相互辉映,江水清澈,映在水中的蓝天也同样色彩鲜明。

⑥表灵:指孤屿山极其神奇的景象。表:明显。灵:灵秀、神奇。物:指世人。蕴真:蕴藏的仙人。真:真人、神仙。这二句是说孤屿山如此明显的美丽风光无人游赏,那么其中蕴藏神仙的事就更没有人去传述了。

⑦昆山姿:指神仙的姿容。昆山:昆仑山的简称,是古代传说中西王母的住处。缅邈:悠远。区中缘:人世间的相互关系。这二句是说自己看到孤屿山便联想起昆仑山上神仙的风姿,因而感到和人世的尘缘就更加离得远了。

⑧安期术:安期生的长生之术。安期:即安期生,古代传说中的神仙。传说他是琅琊阜乡人,因得长生不老之术而活过了一千岁。这二句是说自己领悟了安期生的长生之术,安心居住在海隅就可以养生尽年。

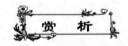
赏　析

此诗写于景平元年(公元 423 年),谢灵运当时在永嘉(治所在今浙江温州)任太守。题中的"江"指永嘉江。"孤屿"在温州南四十里,为永嘉江中渚,长三百丈,阔七十步,岛屿上有二峰。

全诗分三层。首四句是第一层:写诗人欲游江北探寻新异胜境的急切心情。谢灵运于头年因受排挤而出任永嘉太守,"既不得志,遂肆意游遨,遍历诸县,动逾旬朔。"(《宋书》本传)区区永嘉诸景,不到一年便已"历览",遂觉江南已无新奇之地,令人厌倦。而永嘉江北岸的奇山异水,诗人一年前赴任时只是匆匆路过,不遑周游(周旋),旷废既久,自不免向往,因而产生了"怀新""寻异",即怀着探寻新奇胜景的急切之情。唯其急切，故反觉道路迥远，时间易逝难延。清人吴伯其评曰：“凡人行过旧路，多不觉远，以怀新故，冀得见所未见耳。道路既远，则日便觉促，总是急急寻异，以见前倦于江南，非倦于历览也。”（《六朝选诗定论》）这四句极写迫切之情，为下文发现江中孤屿的惊喜之情作了有力的铺垫衬托。

五至八句是第二层：由发现孤屿的惊喜到对其美景的描绘。“乱流”句脱胎于《尔雅·释水》：“水正绝流曰乱。”郝懿行《尔雅义疏》云：“绝，犹截也。截流横渡不顺曰乱。”“趋”，疾行貌。“媚”，妍美悦人。这二句谓，因为突然发现了江中孤屿，我便截流横渡十分迅疾，那孤岛巍然耸立江中，是多么妍美悦人。一个“趋”字，传神地写出登屿探胜的急切心情，回应前文；一个“媚”字，又活画出孤屿的妍美魅力和诗人的喜悦之情。“云日”二句即是对“媚”字的具体描绘：白色的云朵沐浴在金色的阳光之下，交相辉映，何等明媚秀丽；湛蓝的天空倒映在碧绿的江水之中，水天一色，多么澄澈鲜明！这四句可谓“以丽情密藻，发其胸中奇秀，有骨、有韵、有色”。这等胜境的突然发现，较第一层“江南倦历览”的心情，大有山穷水尽、柳暗花明的突转妙趣。对此，怎能不使诗人感喟万千、浮想联翩呢？于是诗笔自然转到第三层的感叹议论上。

结尾六句通过感叹联想寄托了诗人怀才不遇和厌世嫉俗的孤愤。“表灵”，显现天地的灵秀之气；“物”，这里指世人。“蕴真”，即蕴藏自然意趣（一说指真人、神仙）。“缅邈”，悠远；“区中缘”，即人世间的尘缘。“安期术”，指传说中神仙安期生的长生道术。养生，即长生。诗人首先喟叹：此等山水皆为表现天地的灵秀神异之气，然而世人却不知欣赏它的价值，则其所蕴藏的自然意趣又有谁能为之传述呢？接着，诗人又驰骋飘逸的想像，由江屿的灵秀联想到那昆仑山的仙灵，顿觉自己离世间尘缘之事是那样遥远，仿佛遗世独立一般。最后议论：我现在终于相信了，领悟了安期生的长生之道，从此可以安心养生、以终天年了。诗人在这一段中，触景生情而又缘情造境，神思逸荡，理趣横生，故虽是议论，却仍然意象飞动，而不觉其枯燥，可以说是情、景、理三者妙合无痕了！

这首诗描绘了江中孤屿秀媚幽丽的景色，同时也寄寓了诗人孤高傲世的性格、遭受排挤的幽愤和厌世求仙的思想情绪。谢灵运本来出身士族高门，更兼"文章之美，江左莫逮""自谓才能宜参权要。"（《宋书》本传）但在庶族军阀刘裕的宋王朝建立之后，他的地位便一再降跌，直至被排挤出京，出为永嘉太守。本来就恃才傲物，加上仕途上的再三挫折，其怀才不遇、寄情山水、期仙求道，便不难理解。就在写此诗当年的秋天，任永嘉太守刚好一年，他便称病辞官，回到会稽始宁南山经营庄园，与隐士名僧谈玄说法去了。所以，他的迷恋山水神仙，正是他内心失意郁结情绪的外化。正如白居易《读谢灵运诗》所云："谢公才廓落，与世不相遇。壮士郁不用，须有所泄处。泄为山水诗，逸韵有奇趣……岂为玩景物，亦欲摅心素。"

此诗运思精凿丽密，取势婉转屈伸，可谓匠心独运。欲写江屿之秀媚神奇，先写江南胜景历览之倦，一抑一扬，对比鲜明。然后又一笔宕开，"精骛八极，心游万仞"，遥想昆仑山仙人姿容，神会古代安期生道术，进一步烘托和神化了孤屿的幽丽神奇。如此前皴后染，虚实交错，不仅突出了孤屿之美、之奇，也有效地寄寓了自己孤傲不遇的主观情感。结构绵密而意脉一贯，情景相生而物我融一。

其次是语言精丽工巧。表现在遣词用字的锻炼、传神，如倦、旷、趋、媚、灵、真等词的恰当运用，就使全句意态飞动而蕴含深厚；而乱流、孤屿、云日、空水等意象，亦无不巉峭奇丽。再是用了不少对偶句，不仅十分精工，符合后来律句的平仄，而且皆能出之自然。这在

16

声律学尚未建立之前，不能不令人惊叹诗人的神工巧铸、鬼斧默运了。

云日相辉映，空水共澄鲜。

作者简介

　　沈约(公元441—513年),字休文,吴兴武康(今属浙江)人。历仕宋、齐、梁三代,是齐梁时期的文坛领袖。梁时,封建昌县侯,历任中书令、太子少傅等职。谥"隐"。著有《宋书》《四声谱》等,有《沈隐侯集》辑本二卷传世。

石塘濑听猿

嗷嗷^①夜猿鸣,溶溶^②晨雾台。

不知声远近,唯见山重沓。

既欢东岭唱,复伫^③西岩答。

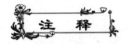

①嗷嗷:哀鸣声。

②溶溶:盛貌。

③伫:久待。

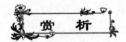

  这是一首写景小诗。全诗围绕着一个"听"字展开。先写夜猿长啼,次写晨雾弥漫,以简洁传神的笔墨勾勒出一幅山雾朦胧、猿啼声声的画面。接下去写深山闻猿的独特感受:由于空谷传响,那嗷嗷猿啼此起彼伏,忽远忽近,弄不清来处;山雾迷蒙,只见峰峦重重叠叠。这幅景象既神秘又充满了生气,那云雾山中传来的声声猿啼似乎在向诗人透露大自然的奥秘,使诗人感到无比的惊喜。他既兴奋地听到东岭传来的猿歌,又想静立久伫,倾听西岩传来的应答。

在"既欢东岭唱,复伫西岩答"二句中,诗人将猿啼说成是"唱""答",似乎那野猿也具有人的情趣,懂得一"唱"一"答"。而"东岭"与"西岩"对举,再加之"既欢""复伫"等语,写出了诗人对猿啼久听不厌、喜之不己、不忍离去的情态。

这首小诗观察细腻,描绘生动,风格清新,流溢着一股对大自然的挚爱之情。整首诗对仗工整,毫不板滞。

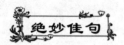

不知声远近,唯见山重沓。

文学常识丛书

作者简介

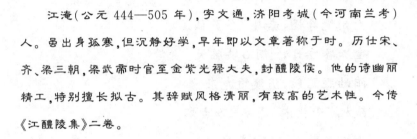

　　江淹(公元 444—505 年),字文通,济阳考城(今河南兰考)人。虽出身孤寒,但沉静好学,早年即以文章著称于时。历仕宋、齐、梁三朝,梁武帝时官至金紫光禄大夫,封醴陵侯。他的诗幽丽精工,特别擅长拟古。其辞赋风格清丽,有较高的艺术性。今传《江醴陵集》二卷。

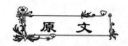

游黄檗山①

长望竟何极？闽云连越边。

南州饶奇怪，赤县②多灵仙。

金峰各亏日，③铜石共临天。

阳岫照鸾采，阴溪喷龙泉。④

残杙⑤千代木，摧崣⑥万古烟。

禽鸣丹壁上，猿啸青崖间。

秦皇慕隐沦，汉武愿长年。

皆负雄豪威，弃剑为名山。

况我葵藿志，松木横眼前。⑦

所若同远好，临风载悠然。

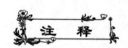

①黄檗山：在福建省福清市西，江淹曾被建平王刘景素贬为建安（今福建省建瓯县）令，得游此山。本篇描写自然景物极为瑰丽，反映出作者诗才的一个方面。

②赤县：中国的代称，"赤县神州"的简称。

③金峰：黄檗山有高峰十二。因日光映照，颜色金黄，所以形容为"金峰"。亏日：是说遮蔽一部分太阳。

④龙泉：黄檗山有"龙潭"九处。

⑤杭：无枝之木。

⑥廥崒：疑"廥"作"嵣""嵣崒"：高峻貌。

⑦葵藿志：言甘于清贫。作者《杂拟》诗云："处富不忘贫，有道在葵藿。"松木：松脂术根，都可供药用，为修长生术者所服食。

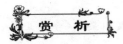

这是一首登高寄兴之作。诗人登山远眺，只见天边云彩朵朵，目光难以穿越。这回眺来路的目光中隐隐透露出诗人被贬后心境的沉重。往事既不堪回顾，且将目光转向身处的黄檗山。先是总揽一笔，指出闽浙一带到处是奇山怪林、神灵仙异；然后以细致的笔触一一描绘了陡峰蔽日、深穴映光、幽涧喷泉、千年古木、万代雾霭以及禽鸣猿啸等景致。这一大段描绘不仅用词形象丰富，而且色彩缤纷，山石之"金""铜"，洞穴映光之"鸾采"，丹岩之红，青崖之绿，泉霭之白，集于笔下，突出了黄檗山的奇异。

诗歌的后半段，诗人很自然地由"千代木""万古烟"转入对社会人生的思索。秦皇汉武当年是何等雄豪，他们尚且慕隐求仙，爱慕名山，何况我早有淡泊之志；今日得游黄檗山，乃人生难得之遇，何必还为谪官而闷闷不乐呢！诗人借旷达之语吐出了心中的块垒，将游黄檗山的感受升华到人生境界的感悟，充分体现了江淹诗歌写景抒怀的风格。

所若同远好，临风载悠然。

作者简介

　　孟浩然(公元 689—740 年),唐代诗人,襄州襄阳(今湖北襄
樊)人,世称孟襄阳。因他未曾入仕,又称之为孟山人。早年隐居
鹿门山。年 40 岁,游长安,应进士不第。后为荆州从事,开元末,
疽发背卒。

文学常识丛书

与诸子登岘首①

人事有代谢②,往来成古今。

江山留胜迹③,我辈复登临④。

水落鱼梁⑤浅,天寒梦泽⑥深。

羊公⑦碑尚在,读罢泪沾襟。

诗中山

①岘首:岘首山,又叫岘山,在湖北襄阳的南面。

②代谢:更迭,交替。

③胜迹:有名的古迹。

④登临:登山临水。

⑤鱼梁:鱼梁洲,是汉代著名隐者庞德公的居处。

⑥梦泽:"泽"是聚水的洼地。在今洞庭湖北岸一带地区,古代有云泽、梦泽两片泽地相连,后来逐渐淤积为陆地。

⑦羊公:指羊祜,晋代人,镇守襄阳,受人民爱戴,死后人们为他在岘山上立碑记念他。

25

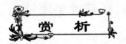
这是一首吊古伤今的诗。所谓吊古,是凭吊岘首山的羊公碑。据《晋

书·羊祜传》,羊祜镇荆襄时,常到此山置酒言咏。有一次,他对同游者喟然叹曰:"自有宇宙,便有此山,由来贤达胜士,登此远望如我与卿者多矣,皆湮灭无闻,使人悲伤!"羊祜生前有政绩,死后,襄阳百姓于岘山建碑立庙。作者登上岘首山,见到羊公碑,自然会想到羊祜。由吊古而伤今,不由感叹起自己的身世来。

"人事有代谢,往来成古今",是一个平凡的真理。大至朝代更替,小至一家兴衰,以及人们的生老病死、悲欢离合,人事总是在不停止地变化着,有谁没有感觉到呢?寒来暑往,春去秋来,时光也在不停止地流逝着,这又有谁没有感觉到呢?首联凭空落笔,似不着题,却引出了作者的浩瀚心事。

第二联紧承第一联。"江山留胜迹"是承"古"字,"我辈复登临"是承"今"字。作者的伤感情绪,便是来自今日的登临。

第三联写登山所见。"浅"指水,由于"水落",鱼梁洲更多地呈露出水面,故称"浅";"深"指梦泽,辽阔的云梦泽,一望无际,令人感到深远。登山远望,水落石出,草木凋零,一片萧条景象。作者抓住了当时当地所特有的景物,提炼出来,既能表现出时序为严冬,又烘托了作者心情的伤感。

"羊公碑尚在",一个"尚"字,十分有力,它包含了复杂的内容。羊祜镇守襄阳,是在晋初,而孟浩然写这首诗却在盛唐,中隔四百余年,朝代的更替,人事的变迁,是多么巨大!然而羊公碑却还屹立在岘首山上,令人敬仰。与此同时,又包含了作者伤感的情绪。四百多年前的羊祜,为国(指晋)效力,也为人民做了一些好事,是以名垂千古,与山俱传;想到自己至今仍为"布衣",无所作为,死后难免湮没无闻,这和"尚在"的羊公碑,两相对比,令人伤感,因为这样,就不免"读罢泪沾襟"了。

这首诗前两联具有一定的哲理性,后两联既描绘了景物,富有形象,又饱含了作者的激情,这就使得它成为诗人之诗而不是哲人之诗。同时,语言通俗易懂,感情真挚动人,以平淡深远见长。

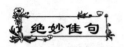

绝妙佳句

人事有代谢,往来成古今。

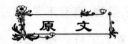

夜归鹿门歌

山寺鸣钟昼已昏,渔梁①渡头争渡喧。

人随沙岸向江村,余亦乘舟归鹿门。

鹿门②月照开烟树,忽到庞公③栖隐处。

岩扉松径长寂寥,唯有幽人独来去。

①渔梁:地名,在河北省襄阳东。

②鹿门:诗人当时所居的襄阳鹿门山。

③庞公:庞德公、东汉隐士。

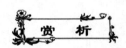

  孟浩然家在襄阳城南郊外,岘山附近,汉江西岸,名曰"南园"或"涧南园"。题中鹿门山则在汉江东岸,沔水南畔与岘山隔江相望,距离不远,乘船前往,数时可达。汉末著名隐士庞德公,因拒绝征辟,携家隐居鹿门山,从此鹿门山就成了隐逸圣地。孟浩然早先一直隐居岘山南园的家里,40岁赴长安谋仕不遇,游历吴、越数年后返乡,决心追步乡先贤庞德公的行迹,特为在鹿门山辟一住处。偶尔也去住住,其实是个标榜归隐性质的别业,所以题曰"夜归鹿门",虽有纪实之意,而主旨却在标明这首诗是歌咏归隐的情怀志趣。

"渔梁"是地名,诗人从岘山南园渡汉江往鹿门,途经沔水口,可以望见渔梁渡头。首二句即写傍晚江行见闻,听着山寺传来黄昏报时的钟响,望见渡口人们抢渡回家的喧闹。这悠然的钟声和尘杂的人声,显出山寺的僻静和世俗的喧闹,两相对照,唤起联想,使诗人在船上闲望沉思的神情,潇洒超脱的襟怀,隐然可见。三、四句就说世人回家,自己离家去鹿门,两样心情,两种归途,表明自己隐逸的志趣,恬然自得。五、六句是写夜晚攀登鹿门山山路,"鹿门月照开烟树",朦胧的山树被月光映照得格外美妙,诗人陶醉了。忽然,很快地,仿佛在不知不觉中就到了归宿地,原来庞德公就是隐居在这里,诗人恍然了。这微妙的感受,亲切的体验,表现出隐逸的情趣和意境,隐者为大自然所融化,至于忘乎所以。末二句便写"庞公栖隐处"的境况,点破隐逸的真谛。这"幽人",既指庞德公,也是自况,因为诗人彻底领悟了"遁世无闷"的妙趣和真谛,躬身实践了庞德公"采药不返"的道路和归宿。在这个天地里,与尘世隔绝,唯山林是伴,只有他孤独一人寂寞地生活着。

显然,这首诗的题材是写"夜归鹿门"读来颇像一则随笔素描的山水小记。但它的主题是抒写清高隐逸的情怀志趣和道路归宿。诗中所写从日落黄昏到月悬夜空,从汉江舟行到鹿门山途,实质上是从尘杂世俗到寂寥自然的隐逸道路。

诗人以谈心的语调,自然的结构,省净的笔墨,疏豁的点染,真实地表现出自己内心的体验和感受,动人地显现出恬然超脱的隐士形象,形成一种独到的意境和风格。前人说孟浩然诗"气象清远,心惊孤寂",而"出语洒落,洗脱凡近"(《唐音癸签》引徐献忠语)。这首七古倒很能代表这些特点。从艺术上看,诗人把自己内心体验感受,表现得平淡自然,优美真实,技巧

老到，深入浅出，是成功的，也是谐和的。也正因为诗人真实地抒写出隐逸情趣，脱尽尘世烟火，因而表现出消极避世的孤独寂寞的情绪。

岩扉松径长寂寥，
唯有幽人独来去。

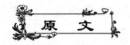

诗中山

过故人庄

故人具鸡黍，①邀我至田家②。

绿树村边合，青山郭③外斜。

开轩④面场圃，把酒话桑麻。

待到重阳⑤日，还来就菊花。

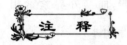 注 释

①故人：老朋友，旧相识。具：置办，准备。鸡黍：肉鸡及黍米，代指田家的家常菜。

②田家：故人之家。

③郭：本义指外城，城、郭合成词时，城指内城墙，郭指外城墙，也可以泛指城墙；引申后，凡四周及外部皆称郭，此处郭指村郭——村庄的四面。

④开：打开。轩：有窗的长廊或小室。

⑤重阳：又称"重九"，指夏历九月九日这一天，因汉人的阴阳学说将数目也附会出阴阳，九这个散属阳，故九月九日称"重九"，又称"重阳"。

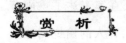 赏 析

就这首诗看，用语平谈无奇，叙事自然流畅，没有渲染的雕琢的痕迹，

31

然而感情真挚，诗意醇厚，有"清水出芙蓉，天然去雕饰"的美学情趣。"过"是"过访""访问"的意思。

"故人具鸡黍，邀我至田家"像叙家常一样娓娓道来，显得轻松自如，简单而随和。"黍"是田中所收，"鸡"是家中所养，二者正契合"田家"二字，使人联想起。"旧毂犹储今"和"鸡鸣桑树巅"的农家生活特点。又因为"鸡黍"是田家美食，所以敢邀朋友品尝话旧；只具鸡黍而无其他，又显现出"故人"特征，不讲虚礼与排场才不"外气"，才是至爱亲朋之间感情无间的表现。所以"故人"邀而我去，也毫不拘谨，视作等闲之事，确是语淡而味不薄！

"绿树村边合，青山郭外斜"，描写"故人庄"的自然环境美。上句是近景，绿树环合，别有天地，幽雅恬静而富有神秘感；下句是远景，是田庄的背景，村后青山迤逦伸向远方，又表明这田庄不是孤寂的，而与外界紧紧相连，这远山送青、眼前翻绿的景象，恰似一幅绝妙的青绿山水画，让人心往神驰，浮想联翩。

"开轩面场圃，把酒话桑麻"写在故人家的生活场景。打开轩窗面对着一片菜园子，举起酒杯情不自禁谈起农桑之事。这后一句的"话"字含义很深，从全诗的情绪看，这谈话一定是愉快的；孟浩然早年隐居鹿门山，以后也没做过官，故人庄环境的恬静美丽，农人劳动的乐趣。田家生活的安逸，都使诗人产生了共鸣。此时的诗人忘却了仕途的烦恼与都市的喧嚣，沉浸在诗情画意的美感享受中，并被故人淳朴真挚的友情所同化，他似乎觉得在此情此景中找到了自己的归宿。

"待到重阳日，还来就菊花"承上文而来，诗人为田园风光和农家生活所吸引，酒足饭饱之后意犹未尽，所以在临走时向故人直率表达了重阳节再次造访的愿望。简单的两句诗就将故人的热情淳朴、客人的愉悦满意及主客之间亲密无闻的情意，都包含其中了。这种"乐此不疲"的愿望遂进一步深化了上几句的内容,这主动表示要"还来"与首联"邀"有对比深化之妙,很耐人寻味。

绝妙佳句

　　绿树村边合,青山郭外斜。

诗中山

作者简介

　　李白(公元 701—762 年),字太白,号青莲居士。祖籍陇西成纪(今甘肃省天水市附近的秦安县),隋朝末年其先祖因罪住在中亚细亚。李白的家世和出生地至今还是个谜,学术界说法不一。一说李白就诞生在安西都护府所辖的碎叶城,5 岁时随父迁到绵州昌隆县青莲乡。

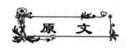

访戴天山道士不遇①

犬吠水声中,桃花带露浓。

树深时见鹿,溪午不闻钟②。

野竹分青霭,③飞泉④挂碧峰。

无人知所去,愁倚两三松。

①戴天山,又名大匡山、大康山,在今四川江油县。

②时,常常。两句意为:在沉寂的山林里,常常看到麋鹿;走到溪边,时已中午还听不到钟声。这里的"时见鹿"反衬不见人;"不闻钟"暗示道士外出。

③分:分开,冲破。青霭:青色的云气。

④飞泉:指瀑布。

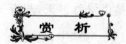

这首诗是李白早年的作品。李白早年在戴天山大明寺读书。后来,李白因坐永王李璘事入狱,流放夜郎,遇赦,漂泊浔阳、金陵、宣城、历阳等地。杜甫在成都于肃宗上元二年(公元761年),因"近无李白消息",写了一首《不见》诗怀念李白,担心他在外会闯祸,盼他早日归还"匡山"故乡。诗曰:

"不见李生久,佯狂真可哀。世人皆欲杀,吾意独怜才。敏捷诗千首,飘零酒一杯。匡山读书处,头白好归来。"次年,李白便死于安徽当涂。

李白早年即富有才华,他在大匡山读书时,就描绘了这样一幅色彩鲜明的访问道士不遇图。道士姓名,不得而知。通篇着意于写景,真实自然,并生动形象地再现了道士世外桃源的优美生活境界。

全诗分为三个层次,前四句为一个层次,五、六两句为两个层次,最后两句为一个层次。前四句是写诗人拜访道士途中耳闻目睹。诗人沿着小溪而行,沿路两旁。桃花盛开,花瓣上挂满露珠。这说明诗人一大早,就出门而行。小溪流水淙淙,与狗吠之声,响成一片,形成了一种别有情趣的乐章。道士的处所,路程还不近呢。诗人从早走到中午时分,尚且没有听见道士敲钟的声音,只见树丛的深处,不时有麋鹿出没。这两句的妙处,暗示道士不在道院,为最后两句设下伏笔。以上四句,把道士远离人间闹市的那种清新幽静的环境,逼真地摹写出来。前两句写狗吠声声,溪水淙淙,桃花含露,是诗人早上的所见听闻。"树深时见鹿,溪午不闻钟"两句,是写中午时分的耳闻目睹。时间不同,地点各异,诗人所描写的见闻,也各不相同。在这里,时间和空间感,异常清晰。

"野竹分青霭,飞泉挂碧峰"两句,是写道士处所的近景,野竹参天,与青气融为一体,从碧绿的山峰间飞流直下的瀑布,形成了一种优美壮观的奇境。飞、挂二字,是写瀑布飞流直下的动的画面。"野竹分青霭"的"分"字,表面是写野竹参天,把空中的青色云气隔开,实则是说翠竹参天,与青色的云气相接,浑为一体,形成天竹一色的奇景。竹前冠一"野"字,是说翠竹是自然长成,并非人工培植,因而更觉可喜可爱。"霭"前冠一"青"字,与竹色协调,融为一色。"飞泉挂碧峰",颇有"飞流直下三千尺,疑是银河落九天"的壮观,具有引人入胜,令人流连忘返的艺术魅力。

最后两句,方才点明"访戴天山道士不遇"的诗题。人们都会有这样的常识：大凡去访亲探友，不能相遇，就会令人焦躁不安。李白去拜访道士，道士不在道院，又无人知道去向，怎能不使他十分着急呢？尽管道士不在，诗人并没有立即返回，他远道而来，总想能见到道士，同他畅谈一番。"愁倚两三松"，写得极其生动形象，写诗人等待道士回来，倚靠遍了道士门前的两三棵松树，而道士仍然未回。"愁"字，颇能传神，把诗人着急的神态，刻画得清晰可见，历历在目。"无人知所去"，是一般的陈述句。只是说明道士不知所去，是为"愁倚两三松"句所作的铺垫。

"犬吠水声中，桃花带露浓。树深时见鹿，溪午不闻钟。野竹分青霭，飞泉挂碧峰。无人知所去，愁倚两三松。"友人生活在一个山青水秀、林茂竹修的地方，可以目接飞泉，耳闻钟声；可以与麋鹿为伴，与青松为友；可以浪迹山林，心游道院。后面六句环境兼活动的描写凸显友人淡泊高洁的志趣和逍遥自在的风采。一、二两句展现诗人缘溪而行，穿山进林的景象。泉水淙淙，犬吠隐隐；桃花带露，浓艳耀目。好一派宜人景致，令人联想到友人居住此中，如世外桃源，似人间天堂，超尘拔俗而自由自在。桃花，为环境添色，为人格增辉。

此作的构思并不复杂，它写诗人的所闻所见，都是为了突出访道士不遇的主题。所以，吴大受说："无一字说道士，无一字说不遇，却句句是不遇，句句是访道士不遇。"（《诗筏》）当然，并不是说李白这首诗已经写得尽善尽美了，李白是伟大的浪漫主义诗人，他后期比较成熟的诗作，都写得十分洒脱、酣畅、飘逸、雄浑，字里行间，充满着一股豪气。而他这首诗，在这方面的特点还不够明显，还不够浓郁。这说明此作还带有他早期作品的痕迹。

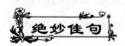

绝妙佳句

无人知所去，愁倚两三松。

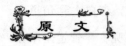

独坐敬亭山

众鸟高飞尽，孤云独去闲①。

相看两不厌，只有敬亭山②。

① 闲：安静。

② 敬亭山：在今安徽省宣城县北，原名昭亭山，风景幽静秀丽。山上旧有敬亭，为南齐谢朓吟咏处。

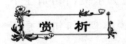

如果有人觉得这首《独坐敬亭山》只是一首写景诗，并不是作者个人精神世界的宣泄的话，我们再来看一首有关山的小诗，体会一下，李白是怎样与山融为一体，或者是在自然界中寻找知音与伴侣的。这首小诗叫《独坐敬亭山》，是一首五言绝句，"众鸟高飞尽，孤云独去闲。相看两不厌，只有敬亭山。"敬亭山在宣州（今安徽省宣城）境内，宣州是六朝以来的江南名城，南朝著名的两位诗人，人称大、小谢的谢灵运和谢朓都在这里当过太守，这两位都是李白心仪的诗坛前辈，特别是小谢，更是一再于诗中提及。李白一生七次游历宣城。这首诗写于天宝十二载（公元753年）秋天，此时他已经离开长安整整十个年头了,在这期间,他体会到了从天子近臣到江湖文人这两种社会角色之间的巨大差异,也饱尝了人世间的酸甜苦辣,世态炎凉,但是李白却丝毫没有向世俗低头,更不会趋炎附势。他在酒中求道,山里作乐,尽管也落得逍遥自在,但是内心的孤寂却是一直像影子一样,寸步不离的。李白一个人呆在山中,身边既无亲人,也无朋友,甚至连有生命的东西都远远离开了他,"众鸟高飞尽",连鸟儿也迫不及待,不约而同地远走高飞了,高高地飞开,统统地离去,最后,连一只鸟都没有剩下,"高飞尽",把鸟儿的飞去写得这么坚决彻底,毫不留情,真有一种冷眼看世界的悲剧色彩,但这还不算,不但是有生命的飞鸟不肯留下,哪怕连会动的云彩也不例外,"孤云独去闲",天上只剩下一片孤单的云彩,留在这里不是还有李白可以做个伴吗,但是,不,那孤云虽然孤独,却也羞于和李白同流合污,而要坚决与他划清界限,"独去闲",虽然不像鸟儿那样可以展翅高飞,但也从容地、义无反顾地飘走了。当一个人身边无人做伴时,大概内心总希望有什么东西来陪伴他,或者是看天上云卷云舒也好,或者是听树上鸟鸣鸟唱也好,但现在却都离他而去了,成了一个一无所有的"孤家寡人"了。那么李白既然不但被世人所冷落,甚至不管是有生命的"众鸟",还是无知觉的"孤云",总之是世间一切能动弹的全都厌弃了李白,周围万籁俱寂,没有一声鸟鸣,没有丝毫动静,在这种清幽宁静之中,李白在想什么?有没有反思,或者后悔自己这大半生来的作为举止呢?他没有,因为即使在这种情况下,他仍然可以找到灵魂的寄托,在大千世界中找到知音!"相看两不厌,只有敬亭山。"世上还有一个对自己情有独钟的伙伴,就是那对面的敬亭山,这一方面是李白能够苦中取乐,充满了浪漫主义的乐观精神,另一方面也是一种更加深层的悲哀,因为"敬亭山"只是一座无知无觉,既不能"飞",也不会"去"的山呀!可是李白没有屈服,没有向世俗低头,这座山是他的知音,知音在什么地方?耐得住寂寞,我行我素,有鸟也好,无云

诗中山

39

也罢，都奈何不了我一丝半毫！这就是李白与敬亭山"相看两不厌"的根本原因，所以说，这是在写自己的孤独，在写自己的怀才不遇，但更是在写自己的坚定，在大自然中寻找安慰与寄托。

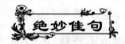

相看两不厌，只有敬亭山。

文学常识丛书

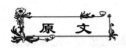

送友人入蜀

见说蚕丛路①，崎岖不易行。

山从人面起②，云傍马头生③。

芳树笼秦栈④，春流绕蜀城⑤。

升沉应已定⑥，不必问君平⑦。

①见说：唐代俗语，即"听说"。蚕丛：蜀国的开国君王。蚕丛路：代称入蜀的道路。

②山从人面起：人在栈道上走时，紧靠峭壁，山崖好像从人的脸侧突兀而起。

③云傍马头生：云气依傍着马头而上升翻腾。

④芳树：开着香花的树木。秦栈：由秦（今陕西省）入蜀的栈道。

⑤春流：春江水涨，江水奔流。或指流经成都的郫江、流江。蜀城：指成都，也可泛指蜀中城市。

⑥升沉：进退升沉，即人在世间的遭遇和命运。

⑦君平：西汉严遵，字君平，隐居不仕，曾在成都以卖卜为生。

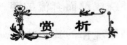

这是一首以描绘蜀道山川的奇美著称的抒情诗。天宝二年（公元743

41

年)李白在长安送友人入蜀时所作。

全诗从送别和入蜀这两方面落笔描述。首联写入蜀的道路,先从蜀道之难开始:

"见说蚕丛路,崎岖不易行。"

临别之际,李白亲切地叮嘱友人:听说蜀道崎岖险阻,路上处处是层峦叠嶂,不易通行。语调平缓自然,恍若两个好友在娓娓而谈,感情显得诚挚而恳切。平静地叙述,浑然无迹。首联入题,提出送别意。颔联就"崎岖不易行"的蜀道作进一步的具体描画:

"山从人面起,云傍马头生。"

蜀道在崇山峻岭上迂回盘绕,人在栈道上走,山崖峭壁宛如迎面而来,从人的脸侧重迭而起,云气依傍着马头而升起翻腾,像是腾云驾雾一般。"起""生"两个动词用得极好,生动地表现了栈道的狭窄、险峻、高危,想象诡异,境界奇美,写得气韵飞动。

蜀道一方面显得峥嵘险阻,另一方面也有优美动人的地方,瑰丽的风光就在秦栈上:"芳树笼秦栈,春流绕蜀城。"

此联中的"笼"字是评家所称道的"诗眼",写得生动、传神,含意丰满,表现了多方面的内容。它包含的第一层意思是:山岩峭壁上突出的林木,枝叶婆娑,笼罩着栈道。这正是从远处观看到的景色。秦栈便是由秦(今陕西省)入蜀的栈道,在山岩间凿石架木建成,路面狭隘,道旁不会长满树木。"笼"字准确地描画了栈道林荫是由山上树木朝下覆盖而成的特色。第二层的意思是:与前面的"芳树"相呼应,形象地表达了春林长得繁盛芳茂的景象。最后,"笼秦栈"与对句的"绕蜀城",字凝语炼,恰好构成严密工整的对偶句。前者写山上蜀道景致,后者写山下春江环绕成都而奔流的美景。远景与近景上下配合,相互映衬,风光旖旎,有如一幅瑰伟的蜀道山水画。诗人以浓彩描绘蜀道胜景,这对入蜀的友人来说,无疑是一种抚慰与鼓舞。尾联忽又翻出题旨:"升沉应已定,不必问君平。"

李白了解他的朋友是怀着追求功名富贵的目的入蜀,因而临别赠言,便意味深长地告诫:个人的官爵地位,进退升沉都早有定局,何必再去询问善卜的君平呢!西汉严遵,字君平,隐居不仕,曾在成都卖卜为生。李白借用君平的典故,婉转地启发他的朋友不要沉迷于功名利禄之中,可谓谆谆善诱,凝聚着深挚的情谊,而其中又不乏自身的身世感慨。尾联写得含蓄蕴藉,语短情长。

这首诗,风格清新俊逸,曾被前人推崇为"五律正宗"(《唐宋诗醇》卷一)。诗的中间两联对仗非常精工严整,而且,颔联语意奇险,极言蜀道之难,颈联忽描写纤丽,又道风景可乐,笔力开阖顿挫,变化万千。最后,以议论作结,实现主旨,更富有韵味。

清人赵翼曾指出李白所写的五律,"盖才气豪迈,全以神运,自不屑束缚于格律对偶,与雕绘者争长。然有对偶处,仍自工丽;且工丽中别有一种英爽之气,溢出行墨之外"(《瓯北诗话》卷一)。这一评语很精确,正好道出了这首五律在对偶上的艺术特点。

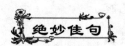

绝妙佳句

芳树笼秦栈,春流绕蜀城。

升沉应已定,不必问君平。

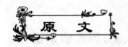

梦游天姥吟留别

海客谈瀛洲①，烟涛微茫信难求。

越人语天姥②，云霓明灭或可睹。

天姥连天向天横，势拔五岳掩赤城③。

天台四万八千丈，对此欲倒东南倾。

我欲因之梦吴越，一夜飞度镜湖④月。

湖月照我影，送我至剡溪⑤。

谢公宿处今尚在，渌水荡漾清猿啼。

脚著谢公屐⑥，身登青云梯。

半壁见海日，空中闻天鸡。

千岩万转路不定，迷花倚石忽已暝。

熊咆龙吟殷岩泉，栗深林兮惊层巅。

云青青兮欲雨，水澹澹兮生烟。

列缺霹雳，丘峦崩摧。

洞天石扇，訇然中开。

青冥浩荡不见底，日月照耀金银台⑦。

霓为衣兮风为马，云之君兮纷纷而来下。

虎鼓瑟兮鸾回车，仙之人兮列如麻。

忽魂悸以魄动，恍惊起而长嗟。

惟觉时之枕席,失向来之烟霞。

世间行乐亦如此,古来万事东流水。

别君去兮何时还,且放白鹿⑧青崖间,

须行即骑访名山。

安能摧眉折腰事权贵,使我不得开心颜!

注 释

①瀛州:传说中的海上三座神仙山之一,另两座名蓬莱、方丈。

②天姥:山名,在今浙江省新昌县东。

③赤城:山名,在今浙江省天台县北,天台山的南面。

④镜湖:又名鉴湖,在今浙江省绍兴市南。

⑤剡溪:水名,在今浙江省嵊县南。

⑥谢公屐:谢公,南朝诗人谢灵运。据《南史·谢灵运传》记载,他"寻山陟岭,必造幽峻,岩嶂数十重,莫不备尽登蹑。常着木屐,上山则去其前齿,下山则去其后齿。"

⑦金银台:指神仙居所。

⑧白鹿:传说中神仙所骑的神兽。

赏 析

这是一首记梦诗,也是一首游仙诗。意境雄伟,变化惝恍莫测,缤纷多彩的艺术形象,新奇的表现手法,向来为人传诵,被视为李白的代表作之一。

这首诗的题目一作《别东鲁诸公》,作于出翰林之后。天宝三载,李白被唐玄宗赐金放还，这是李白政治上的一次大失败。离长安后，曾与杜甫、高唔游梁、宋、齐、鲁，又在东鲁家中居住过一个时期。这时东鲁的家已颇具规模，尽可在家中怡情养性，以度时光。可是李白没有这么做，他有一个不安定的灵魂，他有更高更远的追求，于是离别东鲁家园，又一次踏上漫游的旅途。这首诗就是他告别东鲁诸公时所作。虽然出翰林已有年月了，而政治上遭受挫折的愤怨仍然郁结于怀，所以在诗的最后发出那样激越的呼声。

李白一生徜徉山水之间，热爱山水，达到梦寐以求的境地。此诗所描写的梦游，也许并非完全虚托，但无论是否虚托，梦游就更适于超脱现实，更便于发挥他的想像和夸张的才能了。

"海客谈瀛洲，烟涛微茫信难求；越人语天姥，云霓明灭或可睹。"诗一开始先说古代传说中的海外仙境——瀛洲，虚无缥缈，不可寻求；而现实中的天姥山在浮云彩霓中时隐时现，真是胜似仙境。以虚衬实，突出了天姥胜景，暗蕴着诗人对天姥山的向往，写得富有神奇色彩，引人入胜。

天姥山临近剡溪，传说登山的人听到过仙人天姥的歌唱，因此得名。天姥山与天台山相对，峰峦峭崎，仰望如在天表，冥茫如堕仙境，容易引起游者想入非非的幻觉。浙东山水是李白青年时代就向往的地方，初出川时曾说"此行不为鲈鱼脍，自爱名山入剡中"。入翰林前曾不止一次往游，他对这里的山水不但非常热爱，也是非常熟悉的。

天姥山号称奇绝，是越东灵秀之地。但比之其他崇山峻岭，如我国的五大名山——五岳，在人们心目中的地位仍有小巫见大巫之别。可是李白却在诗中夸说它"势拔五岳掩赤城"，比五岳还更挺拔。有名的天台山则倾斜着如拜倒在天姥的足下一样。这个天姥山，被写得耸立天外，直插云霄，巍巍然非同凡比。这座梦中的天姥山，应该说是李白平生所经历的奇山峻

岭的幻影,它是现实中的天姥山在李白笔下夸大了的影子。

接着展现出的是一幅一幅瑰丽变幻的奇景:天姥山隐于云霓明灭之中,引起了诗人探求的想望。诗人进入了梦幻之中,仿佛在月夜清光的照射下,他飞渡过明镜一样的镜湖。明月把他的影子映照在镜湖之上,又送他降落在谢灵运当年曾经歇宿过的地方。他穿上谢灵运当年特制的木屐,登上谢公当年曾经攀登过的石径——青云梯。只见:"半壁见海日,空中闻天鸡。千岩万转路不定,迷花倚石忽已暝。熊咆龙吟殷岩泉,栗深林兮惊层巅。云青青兮欲雨,水澹澹兮生烟。"继飞渡而写山中所见,石径盘旋,深山中光线幽暗,看到海日升空,天鸡高唱,这本是一片曙色,却又于山花迷人、倚石暂憩之中,忽觉暮色降临,且暮之变何其倏忽。暮色中熊咆龙吟,震响于山谷之间,深林为之战栗,层巅为之惊动。不止有生命的熊与龙以吟、咆表示情感,就连层巅、深林也能战栗、惊动,烟、水、青云都满含阴郁,与诗人的情感,协成一体,形成统一的氛围。前面是浪漫主义地描写天姥山,既高且奇;这里又是浪漫主义地抒情,既深且远。这奇异的境界,已经使人够惊骇的了,但诗人并未到此止步,而诗境却由奇异而转入荒唐,全诗也更进入高潮。在令人惊悚不已的幽深暮色之中,霎时间"丘峦崩摧",一个神仙世界"訇然中开""青冥浩荡不见底,日月照耀金银台。霓为衣兮风为马,云之君兮纷纷而来下。"洞天福地,于此出现。"云之君"披彩虹为衣,驱长风为马,虎为之鼓瑟,鸾为之驾车,皆受命于诗人之笔,奔赴仙山的盛会来了。这是多么盛大而热烈的场面。"仙之人兮列如麻"!群仙好像列队迎接诗人的到来。金台、银台与日月交相辉映,景色壮丽,异彩缤纷,何等的惊心炫目,光耀夺人!仙山的盛会正是人世间生活的反映。这里除了有他长期漫游经历过的万壑千山的印象、古代传说、屈原诗歌的启发与影响,也有长安三年宫廷生活的迹印,这一切通过浪漫主义的非凡想象

诗中山

47

凝聚在一起，才有这般辉煌灿烂、气象万千的描绘。

值得注意的是，这首诗写梦游奇境，不同于一般游仙诗，它感慨深沉，抗议激烈，并非真正依托于虚幻之中，而是在神仙世界虚无飘渺的描述中，依然着眼于现实。神游天上仙境，而心觉"世间行乐亦如此"。

仙境倏忽消失，梦境旋亦破灭，诗人终于在惊悸中返回现实。梦境破灭后，人，不是随心所欲地轻飘飘地在梦幻中翱翔了，而是沉甸甸地躺在枕席之上。"古来万事东流水"，其中包含着诗人对人生的几多失意和深沉的感慨。此时此刻诗人感到最能抚慰心灵的是"且放白鹿青崖间，须行即骑访名山"。徜徉山水的乐趣，才是最快意的，也就是在《春夜宴从弟桃花园序》中所说："古人秉烛夜游，良有以也。"本来诗意到此似乎已尽，可是最后却愤愤然加添了两句"安能摧眉折腰事权贵，使我不得开心颜！"一吐长安三年的郁闷之气。天外飞来之笔，点亮了全诗的主题：对于名山仙境的向往，是出之于对权贵的抗争，它唱出封建社会中多少怀才不遇的人的心声。在等级森严的封建社会中，多少人屈身权贵，多少人埋没无闻！唐朝比之其他朝代是比较开明的，较为重视人才，但也只是比较而言。人才在当时仍然摆脱不了"臣妾气态间"的屈辱地位。"折腰"一词出之于东晋的陶渊明，他由于不愿忍辱而赋"归去来"。李白虽然受帝王优宠，也不过是个词臣，在宫廷中所受到的屈辱，大约可以从这两句诗中得到一些消息。封建君主把自己称"天子"，君临天下，把自己升高到至高无上的地位，却抹煞了一切人的尊严。李白在这里所表示的决绝态度，是向封建统治者所投过去的一瞥蔑视。在封建社会，敢于这样想、敢于这样说的人并不多。李白说了，也做了，这是他异乎常人的伟大之处。

这首诗的内容丰富、曲折、奇谲、多变，它的形象辉煌流丽，缤纷多彩，构成了全诗的浪漫主义情调。它的主观意图本来在于宣扬"古来万事东流水"这样颇有消极意味的思想,可是它的格调却是昂扬振奋的、潇洒出尘的,有一种不卑不屈的气概流贯其间,并无消沉之感。

安能摧眉折腰事权贵,使我不得开心颜!

诗中山

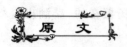

山中问答

问余何意栖碧山^①,笑而不答心自闲。

桃花流水窅^②然去,别有天地非人间。

①碧山:在湖北安陆,山下有桃花岩,李白读书处。

②窅:音 yǎo,深远。

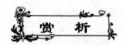

这是一首诗意淡远的七言绝句。

诗的第一联"问余何意栖碧山,笑而不答心自闲",前句起得突兀,后句接得迷离。这首诗的诗题一作《山中答俗人》,那么"问"的主语即所谓"俗人"。"余",诗人自指。"何意",一作"何事"。"碧山"即指山色的青翠苍绿。诗以提问的形式领起,突出题旨,唤起读者的注意,当人们正要倾听答案时,诗人笔锋却故意一晃,"笑而不答"。"笑"字值得玩味,它不仅表现出诗人喜悦而矜持的神态,造成了轻松愉快的气氛;而且这"笑而不答",还带有几分神秘的色彩,造成悬念,以诱发人们思索的兴味。"心自闲"三个字,既是山居心境的写照,更表明这"何意栖碧山"的问题,对于诗人来说,既不觉得新鲜，也不感到困惑，只不过是"悠然心会，妙处难与君说"罢了。第二句接得迷离，妙在不答，使诗增添了变幻曲折、自有摇曳生姿、引人入胜的魅力。

第二联"桃花流水窅然去，别有天地非人间"，这是写"碧山"之景，其实也就是"何意栖碧山"的答案。这种"不答"而答、似断实连的结构，加深了诗的韵味。诗虽写花随溪水，窅然远逝的景色，却无一点"流水落花春去也"的衰飒情调，而是把它当作令人神往的美来渲染、来赞叹。何以见得？因为上面写的"笑而不答"的神态，以及末句的议论都流露出这种感情。"山花如绣颊"固然是美的，桃花随流水也是美的，它们都是依照自然的法则，在荣盛和消逝之中显示出不同的美，这不同的美却具有共同之点，即"天然"二字。这种美学观点反映了诗人酷爱自由、天真开朗的性格。"碧山"之中这种不汲汲于荣、不寂寂于逝，充满着天然、宁静之美的"天地"，实非"人间"所能比！那么"人间"究竟怎样呢？这一回诗人真的不说了。然而只要稍稍了解一下当时黑暗的现实和李白的不幸遭遇，诗人"栖碧山"、爱"碧山"便不难理解了。可见，这"别有天地非人间"，隐含了诗人心中多少伤和恨！所以，要说这首诗是抒写李白超脱现实的闲适心情，恐怕未必贴切。诗中用一"闲"字，就是要暗示出"碧山"之"美"，并以此与"人间"形成鲜明的对比。因而诗在风格上确有一种"寓庄于谐"的味道，不过这并非"超脱"。愤世嫉俗与乐观浪漫往往就是这么奇妙地统一在他的作品之中。

全诗虽只四句，但是有问、有答、有叙述、有描绘、有议论，其间转接轻灵，活泼流利。用笔有虚有实，实处形象可感，虚处一触即止，虚实对比，蕴意幽邃。明代李东阳曾说："诗贵意，意贵远不贵近，贵淡不贵浓；浓而近者易识，淡而远者难知。如李白'桃花流水窅然去，别有天地非人间'，皆淡而愈浓，近而愈远，可与知者道，难与俗人言。"这段话对于我们读这首诗是很有启发的。

绝妙佳句

桃花流水窅然去，

别有天地非人间。

作者简介

　　王之涣(公元 688—742 年)字季凌,原籍晋阳(今山西太原),五世祖隆迁居绛州(今山西新绛)。曾任冀州衡水主簿,因谤辞官,家居十五年。晚年出任文安县(今禹河北)尉,卒于官舍。为人慷慨有大略,善作边塞诗,与高适、王昌龄、崔国辅等唱和,名动一时。靳能为作墓志,称其"歌从军,吟出塞,皎兮极关山明月之思,萧兮得易水寒风之声,传乎乐章,布在人中"。《全唐诗》存绝句六首,皆历代传诵名篇。

凉 州 词①

黄河远上②白云间，

一片孤城万仞山。③

羌笛何须怨杨柳，④

春风不度玉门关。⑤

注 释

①凉州词：《乐府诗集》卷七九《近代曲词》载有《凉州歌》，引《乐苑》云："《凉州》，宫曲名，开元中西凉府都督郭知远进。"邝陇右道凉州，治姑臧（今甘肃武威）。此诗用《凉州》曲调，并非歌咏凉州。

②黄河远上：远望黄河的源头。

③孤城：指孤零零的戍边的城堡。仞：古代的长度单位，一仞相当于七八尺。

④羌笛：羌族的一种乐器。杨柳：指一种叫《折杨柳》的歌曲。唐朝有折柳赠别的风俗。

⑤度：越过。玉门关：在今甘肃省敦煌县西。

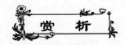
赏 析

54

此诗经"孤城"为中心而衬以辽阔雄奇的背景。首句"黄河直上"，有人认为很费解，故易"黄河"为"黄沙"。然而"黄沙直上"，天昏地暗，那能看见"白云"？其实，"黄河直上"并不难理解。李白与王之涣都写过沿黄河西望的景色，不同点在于：李白的目光由远而近，故创出"黄河之水天上来"的奇句；王之涣的目光自近及远，故展现了"黄河远上白云间"的奇景。遥望西陲，黄河由东向西，无限延伸，直入白云，这是纵向描写。在水天相接处突起"万仞山"，山天相连，这是竖向描写。就在这水天相接、山天相连处，"一片孤城"，隐约可见。这就是此诗所展现的独特画面。

前两句偏重写景，后两句偏重抒情。然而后两句的情，已孕育于前两句的景。"一片孤城"，已有萧索感、荒凉感。而背景的辽阔，更反衬出它的萧索；背景的雄奇，更反衬出它的荒凉。"孤城"中人的感受，尤其如此。这"孤城"显然不是居民点，而是驻防地。住在这里的征人，大约正是沿着万里黄河直上白云间，来此戍守边疆的。久住"孤城"，能无思家怀乡之情？这就引出了三四句。羌笛吹奏的不是别的，而是"愁杀行客见"的《折杨柳曲》，其思家怀乡之情已明白可见。妙在不说思家怀乡，而说"怨杨柳"。"怨"甚么呢？从结句看，是怨杨柳尚未发青。李白《塞下曲》"五月天山雪，无花只有寒。笛中闻折柳，春色未曾看"，有助于加深对这个"怨"字的理解。诗意很婉曲：闻《折杨柳曲》，自然想到当年离家时亲人们折柳送别的情景，激起思家之情；由亲人折柳的回忆转向眼前的现实，便想到故乡的杨柳早已青丝拂地，而"孤城"里还看不出一点春色，由此激起的，仍然是思家之情。诗意如此委婉深厚，而诗人意犹未足，又用"不须"宕开，为结句蓄势，然后以解释"不须"的原因作结。意思是：既然春风吹不到玉门关外，关外的杨柳自然不会吐叶，光"怨"它又有何用？黄生《唐诗摘抄》云："王龙标'更吹羌笛关山月，无那金闺万里愁'，李君虞'不知何处吹芦管，一夜征人尽望乡'，与此并同一意，然不及此作，以其含蓄深永，只用'何须'二字略略见意故耳。"写景

诗中山

雄奇壮阔,抒情含蓄深永,正是这首诗的艺术魅力所在。

黄河远上白云间,

一片孤城万仞山。

作者简介

　　张旭，字伯高，排行第九，唐朝吴（江苏苏州）人，饮中八仙之一，曾为常熟尉，又任金吾长吏，世称"张长吏"，玄宗时为书学博士。

　　张旭以书法著称，好饮而不羁，常醉后落笔，时称"张颠"，以草书与李白歌诗、裴敏剑舞，号"三绝"。

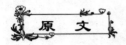

山中留客

山光物态弄春晖①，莫为轻阴便拟归②。

纵使③晴明无雨色，入云深处亦沾衣。

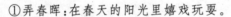

①弄春晖：在春天的阳光里嬉戏玩耍。

②拟归：打算回家。

③纵使：纵然，即使。

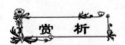

这首诗题为《山中留客》，它的重点当然是留客。但是，因为这不是家中留客，而是"山中留客"，留的目的无疑是欣赏山中景色，所以又不能不写到春山的美景，不过写多了又会冲淡"留客"的主题。诗人怎么解决这个问题呢？他正面描写山景只用了一句诗："山光物态弄春晖。"因为只有一句，所以诗人就不去描绘一泉一石，一花一木，而是从整体入手，着力表现春山的整个面貌，从万象更新的气象中，渲染出满目生机、引人入胜的意境。严冬过尽，春风给萧瑟的山林换上新装，万物沐浴在和煦的阳光中，生气勃勃，光采焕发，争奇斗妍。这一"弄"字，便赋予万物以和谐的、活跃的情态和意趣。"山光物态弄春晖",写得极为概括,但并不抽象,山光物态任你想像。你想的是那青翠欲滴的新枝绿叶吗?是迎风招展的山花送来阵阵的芬芳吗?是花叶丛中百鸟的欢唱吗?是奔流不息的淙淙溪水吗?……它们全部囊括在这一句诗里了。这是一个极富启发性和鼓动性的诗句。诗人把它放在诗的开头也是颇具匠心的。

因为只有把这一句写得很浓,而且先声夺人,形成一种压倒的优势,"留"才有意义,客人所担心的问题才显得无足轻重。所以这开头的一句在表现上、在结构上都是值得细味的。由于第一句蕴含丰富,很有分量,第二句"莫为轻阴便拟归",虽然是否定了客人的想法,但却显得顺流而下,毫不费力。是的,面对着这美不胜收的景致,怎能因为天边一片阴云就打算回去呢?

光劝说客人"莫为轻阴便拟归"还不够,还必须使客人真正安下心来,游兴浓起来才行。怎样才能达到这一步呢?说今日无雨,可天有不测风云,何况"轻阴"已见,这种包票恐怕不一定保险,未必能解决客人心中的疑虑。诗人琢磨着客人的心理,他不是不想欣赏这春山美景,只是担心天雨淋湿了衣服。既然如此,诗人就来一个以退为进。你是怕天雨湿衣吗,天晴又怎样呢?"纵使晴明无雨色,入云深处亦沾衣。""沾衣"虽是难免,可那空山幽谷,云烟缥缈,水汽蒙蒙,露浓花叶,……却也是另一番极富诗意的境界啊!然而,这可不是远在一旁所能见到的。它必须登高山、探幽谷,身临其境,才能领略。而且细咀那"入云深处"四字,还会激起人们无穷的想像和追求,因为"入"之愈"深",其所见也就愈多,但是,此"非有志者不能至也"。可见诗的三四两句,就不只是消极地解除客人的疑虑,而是巧妙地以委婉的方式,用那令人神往的意境,积极地去诱导、去点燃客人心中要欣赏春山美景的火种。

客人想走,主人挽留,这是生活中常见的现象。不过要在四句短诗中

诗中山

把这一矛盾解决得完满、生动、有趣,倒也并不是一件容易的事。诗人没有回避客人提出的问题,也不是用一般的客套话去挽留,而是针对客人的心理,用山中的美景和诗人自己的感受,一步一步地引导客人开阔视野,驰骋想像,改变他的想法,从而使客人留下来。事虽寻常,诗亦短小,却写得有景、有情、有理,而且三者水乳交融,浑然一体。其中虚实相间,跌宕自如,委婉蕴含,显示出绝句的那种词显意深、语近情遥、耐人寻味的艺术魅力。

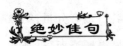

绝妙佳句

纵使晴明无雨色,入云深处亦沾衣。

文学常识丛书

作者简介

　　王维(公元 701—761 年)，唐代著名诗人、画家。字摩诘，太原祁人。开元九年进士擢第，调太乐丞，坐累为济州司仓参军。历右拾遗、监察御史、左补阙、库部郎中，拜吏部郎中。天宝末，为给事中。安禄山陷两都，维为贼所得。贼平责授太子中允，迁中庶子、中书舍人。复拜给事中，转尚书右丞。

鹿　柴①

空②山不见人,但③闻人语响。

返景④入深林,复照青苔上。

①鹿柴:地名。柴,一作"寨"。行军时在山上扎营,立木为区落,叫柴;别墅有篱落的,也叫柴。

②空:诗中为空寂、幽静之意。

③但:只。

④返景:夕阳返照的光。景,日光。

文学常识丛书

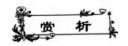

这首诗是王维后期山水诗的代表作《辋川集》中的一首。诗中描绘鹿柴附近的空山深林在夕阳返照下的幽静景色。

首句"空山不见人"直接描写空山的寂寥静谧。山之所以"空",是因为杳无人迹。"不见人"三字,将"空"具体化。次句"但闻人语响",以局部的有声反衬整体的寂静。通常情况下,山中尽管无人,但不会无声。"但闻"二字将瑟瑟风声、潺潺水声、唧唧虫声、啾啾鸟声统统排除开,只听见偶尔传来的几声"人语响"。表面上看,这几声"人语响"似乎打破了寂静,其实,一阵人语响过以后,空山又回到了万籁俱寂的境界之中。

三、四两句"返景入深林,复照青苔上"用夕阳返照来反衬深林的幽暗清冷。按理说,要描写幽暗的境界应回避光亮,诗人却偏偏写"返景入深林"。猛一看,这一抹微弱的斜晖似乎给幽暗的深林带来了一丝光亮,其实恰恰相反。当"返景"的余晖透过斑驳的树影照在青苔上时,那一小块光亮与一大片幽暗所形成的强烈对比,反而使深林的幽暗更加突出。况且,那"返景"不仅微弱,而且短暂,一抹余晖转瞬逝去之后,接踵而来的便是更漫长的幽暗。

王维"晚年唯好静,万事不关心"(《酬张少府》)。《辋川集》中的作品,大多着力描写自然景色的静美境界,前人认为这些诗不谈禅机而深得禅理,读之身世两忘,万念俱绝。这反映了王维晚年对现实冷漠的消极思想,但这些诗"诗中有画"的表现手法却具有不朽的美学价值。

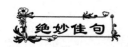

空山不见人,但闻人语响。

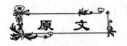

山居秋暝①

空山新雨后,天气晚来秋。

明月松间照,清泉石上流。

竹喧归浣女②,莲动下渔舟。

随意春芳歇③,王孙自可留。

注 释

①秋暝:秋天的傍晚。

②浣(huàn)女:洗衣物的女子。

③"随意"句:《楚辞·招隐士》中有"王孙游兮归来,山中兮不可以久留。"这里反用其意,意谓任它春芳尽,王孙也可久留。歇:消歇,凋谢。

文学常识丛书

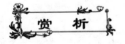赏 析

这首山水名篇,充分体现了王维"诗中有画"的特点,于诗情画意之中寄托着诗人高洁的情怀和对理想境界的追求。

"空山新雨后,天气晚来秋。"诗中明明写有浣女渔舟,诗人怎下笔说是"空山"呢?原来山中树木繁茂,掩盖了人们活动的痕迹,正所谓"空山不见人,但闻人语响"(《鹿柴》)啊!又由于这里人迹罕到,"峡里谁知有人事,世

中遥望空云山"(《桃源行》),一般人自然不知山中有人了。"空山"二字点出此处有如世外桃源。山雨初霁,万物为之一新,又是初秋的傍晚,空气之清新,景色之美妙,可以想见。

"明月松间照,清泉石上流。"天色已暝,却有皓月当空;群芳已谢,却有青松如盖。山泉清洌,淙淙流泻于山石之上,有如一条洁白无瑕的素练,在月光下闪闪发光,多么清幽明净的自然美啊!王维的《济上四贤咏》曾经称赞两位贤隐士的高尚情操,谓其"息阴无恶木,饮水必清源"。诗人自己也是这种心志高洁的人,他曾说:"宁栖野树林,宁饮涧水流,不用坐梁肉,崎岖见王侯。"(《献始兴公》)这月下青松和石上清泉,不正是他所追求的理想境界吗?这两句写景如画,随意挥洒,毫不着力。像这样又动人又自然的写景,达到了艺术上炉火纯青的地步,非一般人所能学到。

"竹喧归浣女,莲动下渔舟。"竹林里传来了一阵阵的欢歌笑语,那是一些无邪的姑娘们洗罢衣服笑逐着归来了;亭亭玉立的荷叶纷纷向两旁披分,掀翻了无数珍珠般晶莹的水珠,那是顺流而下的渔舟划破了荷塘月色的宁静。在这青松明月之下,在这翠竹青莲之中,生活着这样一群无忧无虑、勤劳善良的人们。这纯洁美好的生活图景,反映了诗人追求过安静纯朴生活的理想,同时也从反面衬托出他对污浊官场的厌恶。这两句写得很有技巧,而用笔不露痕迹,使人不觉其巧。诗人先写"竹喧""莲动",因为浣女隐在竹林之中,渔舟被莲叶遮蔽,起初未见,等到听到竹林喧声,看到莲叶纷披,才发现浣女、莲舟。这样写更富有真情实感,更富有诗意。

诗的中间两联同是写景,而各有侧重。颔联侧重写物,以物芳而明志洁;颈联侧重写人,以人和而望政通。同时,二者又互为补充,青松、翠竹、青莲,可以说都是诗人高尚情操的写照,都是诗人理想境界的环境烘托。

既然诗人是那样地高洁,而他在那貌似"空山"之中又找到了一个称心的世外桃源,所以就情不自禁地说:"随意春芳歇,王孙自可留!"

这首诗一个重要的艺术手法,是以自然美来发现诗人的人格美和一种理想中的社会之美。表面看来,这首诗只是用"赋"的方法模山范水,对景物作细致感人的刻画,实际上通篇都是比兴。诗人通过对山水的描绘寄慨言志,含蕴丰富,耐人寻味。

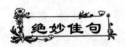

绝妙佳句

明月松间照,
清泉石上流。

文学常识丛书

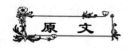

终南山

太乙近天都①，连山到海隅②。

白云回望合，青霭入看无③。

分野中峰变④，阴晴众壑殊。

欲投人处宿⑤，隔水问樵夫。

①太乙：终南山的主峰，也是终南山的别名，在唐京长安城南约四十里处。西起甘肃天水，东至河南陕县，绵延八百余里。天都：因太乙为洞天之最，故曰天都，或说指唐都长安。

②连山句：山山相连，直到海角。

③两句诗互文。即"白云入看无，回望合；青霭入看无，回望合"。白云：白茫茫的雾气。青霭：也是雾气，比白云淡。

④分野句：中峰南北，属于不同的分野。古代天文学家将天空十二星辰的位置与地上州郡区域相对应，称某地为某星之分野。

⑤人处：人家、村子。

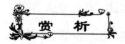

首联"太乙近天都，连山接海隅"，先用夸张手法勾画了终南山的总轮

廓。这个总轮廓，只能得之于遥眺，而不能得之于逼视。所以，这一联显然是写远景。

"太乙"是终南山的别称。终南虽高，去天甚遥，说它"近天都"，当然是艺术夸张。但这是写远景，从平地遥望终南，其顶峰的确与天连接，因而说它"近天都"，正是以夸张写真实。"连山接海隅"也是这样。终南山西起甘肃天水，东止河南陕县，远远未到海隅。说它"接海隅"，固然不合事实，说它"与他山连接不断，直到海隅"，又何尝符合事实？然而这是写远景，从长安遥望终南，西边望不到头，东边望不到尾。用"连山接海隅"写终南远景，虽夸张而愈见真实。

次联写近景，"白云回望合"一句，"回望"既与下句"入看"对偶，则其意为"回头望"，王维写的是入终南山而"回望"，望的是刚走过的路。诗人身在终南山中，朝前看，白云弥漫，看不见路，也看不见其他景物，仿佛再走几步，就可以浮游于白云的海洋；然而继续前进，白云却继续分向两边，可望而不可即；回头看，分向两边的白云又合拢来，汇成茫茫云海。这种奇妙的境界，凡有游山经验的人都并不陌生，而除了王维，又有谁能够只用五个字就表现得如此真切呢？

文学常识丛书

"青霭入看无"一句，与上句"白云回望合"是"互文"，它们交错为用，相互补充。诗人走出茫茫云海，前面又是蒙蒙青霭，仿佛继续前进，就可以摸着那青霭了；然而走了进去，却不但摸不着，而且看不见；回过头去，那青霭又合拢来，蒙蒙漫漫，可望而不可即。

这一联诗，写烟云变灭，移步换形，极富含孕。即如终南山中千岩万壑，苍松古柏，怪石清泉，奇花异草，值得观赏的景物还多，一切都笼罩于茫茫"白云"、蒙蒙"青霭"之中，看不见，看不真切。唯其如此，才更令人神往，更急于进一步"入看"。另一方面，已经看见的美景仍然使人留恋，不能不"回望""回望"而"白云""青霭"俱"合"，则刚才呈现于眉睫之前的景物或笼以青纱,或裹以冰绡,由清晰而朦胧,由朦胧而隐没,更令人回味无穷。这一切,诗人都没有明说,但他却在已经勾画出来的"像"里为我们留下了驰骋想像的广阔天地。

第三联高度概括,尺幅万里。首联写出了终南山的高和从西到东的远,这是从山北遥望所见的景象。至于终南从北到南的阔,则是用"分野中峰变"一句来表现。游山而有"分野中峰变"的认识,则诗人立足"中峰",纵目四望之状已依稀可见。终南山东西之绵远如彼,南北之辽阔如此,只有立足于"近天都"的"中峰",才能收全景于眼底;而"阴晴众壑殊",就是尽收眼底的全景。所谓"阴晴从壑殊",当然不是指"东边日出西边雨",而是以阳光的或浓或淡、或有或无来表现千岩万壑千形万态。

对于尾联,历来有不同的理解、不同的评价。有些人认为它与前三联不统一、不相称,从而持否定态度。王夫之辩解说:"'欲投人处宿,隔水问樵夫',则山之辽廓荒远可知,与上六句初无异致,且得宾主分明,非独头意识悬相描摹也。"(《姜斋诗话》卷二)沈德潜也说:"或谓末二句与通体不配。今玩其语意,见山远而人寡也,非寻常写景可比。"(《唐诗别裁》卷九)

这些意见都不错,然而"玩其语意",似乎还可以领会到更多的东西。第一,"欲投人处宿"这个句子分明有个省略了的主语"我",因而有此一句,便见得"我"在游山,句句有"我",处处有"我",以"我"观物,因景抒情。第二,"欲投人处宿"而要"隔水问樵夫",则"我"还要留宿山中,明日再游,而山景之赏心悦目,诗人之避喧好静,也不难于言外得之。第三,诗人既到"中峰",则"隔水问樵夫"的"水"实际上是深沟大涧;那么,他怎么会发现那个"樵夫"呢?"樵夫"必砍樵,就必然有树林,有音响。诗人寻声辨向,从"隔水"的树林里欣然发现樵夫的情景,不难想见。既有"樵夫",则知不太遥远的地方必然有"人处",因而问何处可以投宿,"樵夫"口答手指、诗人侧首遥望的情景,也不难想见。

总起来看，这首诗的主要特点和优点是善于"以不全求全"，从而收到了"以少总多""意余于象"的艺术效果。

白云回望合，青霭入看无。

文学常识丛书

作者简介

　　杜甫(公元 712—770 年)，字子美，唐代著名诗人。祖籍襄阳（今属湖北），生于河南巩县。初唐诗人杜审言之孙。唐肃宗时，官左拾遗。后入蜀，友人严武推荐他做到剑南节度府参谋，加检校工部员外郎。故后世称他杜拾遗、杜工部。

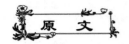

望 岳①

岱宗②夫如何？齐鲁青未了。

造化③钟神秀，阴阳④割昏晓。

荡胸生层云，决眥⑤入归鸟。

会当凌⑥绝顶，一览众山小。

①岳：高大的山，这里指泰山。在今山东省泰安县。

②岱宗：泰山的别称。《风俗通·山泽篇》曰："泰山，山之尊者，一曰岱宗。岱，始也；宗，长也。"齐鲁：春秋时的两个诸侯国，都在今山东省境内。齐在泰山东北，鲁在泰山之南。

③造化：天地万物的主宰者。

④阴阳：山之南为阳，山之北为阴。

⑤决：裂开。眥：眼眶。决眥：指尽量睁大眼睛去看。

⑥凌：登，升。

文学常识丛书

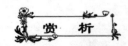

这首《望岳》诗是唐代大诗人杜甫的名作。年轻的诗人科举不第后游

历齐赵,见到了泰山,写下了这首大气磅礴而又含蕴无穷的诗歌。在此诗中,你见不到任何科举失败后的消极颓唐情绪,只感受到一种伟人般的气魄与情怀。

那么,这首诗最耐人寻味的东西是什么呢?

为理解这首诗所蕴含的情感内容,我们应首先对泰山的政治文化背景有个基本的了解。清人仇兆鳌《杜诗详注》云:"郑昂曰:王者升中告代必于此山,又是山为五岳之长,故曰岱宗。"古代某些帝王曾在这里举行过封禅大典,战国时齐鲁一些儒生以为泰山在五岳中最高,帝王应到泰山祭祀;所以在统治者的眼中,泰山是封建政权"与天无极""天禄永得"的一个象征(见《汉书·武帝纪》)。统治者的这种观念,自然会对当时社会造成广泛而深刻的影响。当然,巍巍泰岳,不仅会引起统治者永葆政权的联想与祈祷,而且也引发着国人一种崇高之感受和敬仰神往之情。"泰山岩岩,鲁邦所瞻"(《诗经·鲁颂·閟宫》),"峨峨东岳高,秀极冲青天。"(谢道韫《登山》),"岱宗秀维岳,崔崒刺云天"(谢灵运《泰山吟》),"登高者以致九霄之上,爱景者欲在万人之先"(丁春泽《日观赋》)。从这些对泰山讴歌的诗赋中,我们不难体会到,泰山在国人心中唤起的,该是一种何等至高至美的境界的联想。作者在这首诗歌中,便将对民族崇高精神的礼赞和个人奋发的入世情感融为一体,歌颂了一种"泰山精神"。

如上所说,"岱宗"是五岳中古人认为最高的泰山的尊称,是"王者升中告代"之地;在民族意识中,已具有最高境界的象征意义。所以当诗人一开端就以"岱宗"二字呼唤,其情思之庄严凝重可想而知。一个虚字"夫",就把如此庄严凝重的情思与至深至厚的自豪感,精妙传出;"如何"二字,更表明诗人此种至深之情只可意会而难以言传。

接下的"齐鲁青未了"句,历来为人们所叹赏。泰山位于齐之北,鲁之南,以齐鲁之广大,能见其青青之色,故而更觉泰山之高。这种写法,确实十分新颖。然而,它还能给读者更深远的联想:齐与鲁既曾为古国,则泰山屹立于此,由来久矣;悠悠古国与泰山苍翠之颜相依相存,竟无了时。这历史悠远的"齐鲁"之国,曾是登过泰山的文化巨人孔子传播文化之处,是中华文明的一个极为重要之基地,最能引起读者对其文化韵味的亲切感受。杜甫笔下的泰山,不似谢灵运《泰山吟》的"崔崒刺云天"那样高不可攀,也不似李白的"举手弄清浅,误攀织女机"(《游泰山六首》之六)那样引起遗忘人世之感,而是扎根于大地,绵延于齐鲁,给人间带来无限青翠之生机。"齐鲁青未了"之警句,来源于诗人对民族历史文化的崇敬和他积极进取的人生态度。

第三句的"神秀",实从"青未了"传神而来。泰山之超绝处,不仅在其高耸云霄,横亘万里,而且尤在其神秀之气。而此"神秀",又是大自然(造化)格外赐予。在几分神秘的气氛中,泰山透露出永恒、超然的气质。这其间饱含着特定时代人们对泰山的敬畏、崇尚之意,也蕴含着本属于泰山之子的诗人无比自豪的感情。

"阴阳割昏晓",是接写泰山之高。由于山势高峻,山之阴、阳两面竟判然分为一昏一晓之色。这一句紧承"造化"而来。正因为"造化"将其一切神灵之气赋予泰山,泰山亦以其奇绝之姿割断昏晓,参与造化。《庄子》云:"造化之所始,阴阳之所变。"三、四句,将"造化"与"阴阳"对偶而写,在有意无意之间造成天地间阴阳之气于泰山周围运作之势。古籍中对泰山常有"东岳之灵,造化氤氲,是生二仪"(北魏孝文帝《祭岱岳文》)或"东方万物,始交代处"(《五经通义》)的一类观念。可见杜甫是受了这类观念很深的影响的。

以上四句,作者以浩然沉着之笔,勾勒出一个包罗万象、气韵超然的泰山;下四句更渐渗入了作者一己之亲切感受,诗人欲将自己远大浩茫之思与高奇苍莽的泰山合为一体了。

文学常识丛书

"荡胸生层云",是承转的妙笔。此时作者虽未直接写泰山,却通过山中层出不穷、飘浮不定的云雾,写出泰山的深邃;而随山云层出而心胸激荡、思绪万千的诗人,其襟怀也正如吞云吐雾的泰山一样广大。一"荡"一"生",由静至动,给肃穆的泰山再添生气,诗人的兴致也达到了一个小小的高潮。

"决眦入归鸟",把诗人开阔博大的胸襟进一步展现开来。这是全诗意象较为细微的一句,却在飞鸟的高翔中,展示了泰山的无限广阔。疾然而飞的鸟儿,使诗歌的动感更加强烈,也鼓起了作者想象的翅膀。

无论是远望、近望还是细望,都不能尽望岳之情。泰山之独绝处,正在其居高临下、俯视群峰的气概。所以中国一位伟大的哲人登泰山以后,感到天下变小了:"孔子登东山而小鲁,登泰山而小天下。"(《孟子·尽心篇》)而杜甫正是抱着登最高处的理想、创最辉煌业绩的心情来望岳的。

细品《望岳》诗,会深深感到在莽苍雄浑的自然景物中蕴藏着无穷的生机活力。这种生机活力,是属于一个既古老又年轻的文明古国的。"岱宗"的尊严,"齐鲁"的高古,"造化""阴阳"的博大浩渺,孔子登泰山之顶时胸怀的坦荡浩然,都是文明古国之活力与智慧的生动体现。而一位诗人,只有当他把自己的抱负理想融入具有无穷活力的民族博大精神中时,他的诗歌才能如祖国的山川河流一样长久。这首《望岳》诗正是属于杜甫自己,又属于民族的不朽诗篇。

75

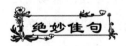

会当凌绝顶,一览众山小。

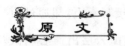

蜀 相

丞相祠堂何处寻？锦官城外柏森森①。

映阶碧草自春色，隔叶黄鹂空好音。

三顾频烦天下计，两朝开济老臣心②。

出师未捷身先死，长使英雄泪满襟。

注 释

①锦官城：指成都。

②开济：开创基业，匡济艰危。

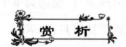赏 析

三国时蜀汉丞相诸葛亮力扶王室，志清宇内，鞠躬尽瘁、死而后已的伟大形象，成为后世忠君爱国的士大夫们崇拜学习的榜样。每逢国家动荡之秋或偏安之时，总有一些诗人们将诸葛亮形诸笔墨，通过热切地呼唤英灵来寄寓自己希望当代英豪站出来平定天下的理想。杜甫此诗作于上元元年(公元 760 年)初到成都之时。这时持续了五年之久的安史之乱尚未平定，国家命运仍在风雨飘摇之中，在这样的大背景下杜甫到成都郊外的武侯祠去凭吊，写作此诗，自然不单是发思古之幽情，而是含有忧时忧国的深

心的。读着这首诗，我们脑际浮现的，决不只是往古英雄诸葛亮的形象。还有抒情主人公伤时感事、叹息哭泣的荧荧泪光。这是一首感情极为浓烈的政治抒情诗，它的悼惜英雄、感伤时事的悲痛情绪渗透在每一句每一字之间，但表现手法却颇有奇特之处。它既不直言抒情，也不婉转托意，而是采取前半描写景物，后半纯乎用事与议论的办法，以写景时的心理活动线索开启出对于凭吊对象的精当评论，从中自然透发出诗人满腔的激情。诗的前四句，描写祠堂之景，在描写中隐然流露出同样是忠君爱国者的杜甫对于诸葛亮的迫切仰慕之情。首联二句，自为问答，记祠堂之所在，但目的不是为了交代地理位置，而是为了寄寓感情，故用"何处寻"以显访庙吊古心思的急切。次联二句，写祠庙荒凉之景，"自""空"两个虚字是此联之眼，其作用有二：一是感叹碧草娇莺无人赏玩，显出英雄长逝，遗迹荒落；二是惋惜连与英灵作伴的草木禽鸟不解人事代谢，不会凭吊那位伟大的古人。"白春色""空好音"的叹息，流露出对诸葛亮的深沉悲痛。以此景中含情的描写，过渡到后半篇作者自己站出来对诸葛亮进行评论与哀悼，便显得前后紧密呼应，感情十分真挚强烈。宋代以后，有不少诗话家不主张诗中发议论。认为诗以不犯本位为高，议论便落言筌，不是诗的本色。明清有些论者，甚且以为老杜的包括《蜀相》在内的许多名篇是"纯乎议论"之作。我认为，诗既然要表达作者喜怒哀乐之情，就免不了有时要议论，问题不在于能不能议论，而在于议论得好不好，有没有分寸，是否有助于深化作者的感情和篇中的意境。此诗后半的四句议论，就是可为后世诗人效法的成功范例。首先，这段议论从生动的写景中自然地引发出来，丝毫也不生硬枯燥，而是饱含情韵。既切合吟咏对象的形象内涵，又带着抒情主人公自己的强烈感情，它精辟而凝练，将全篇的主题思想升华了。其次，议论中用的就是诸葛亮本人的故事，它们具有极高的概括性，本身便含有形象思维，能够唤起读者对于诸葛亮一生的联想。"三顾"句令人想起三顾茅庐和隆中决策，

"两朝"句与"出师"句更令人怀念诸葛亮辅佐先主刘备、后主刘禅两朝,取两川、建蜀汉,白帝托孤、六出祁山和病死五丈原等等感人事迹。这与一般抽象议论决然不同,是既能寄托作者感情、又能启发读者激情的诗化的议论。从全诗抒情层次来讲。"天下计"推崇其匡时雄略,"老臣心"赞扬其报国忠忱。老杜本人的忧国之心也隐隐然寄托其中。有这两句的沉挚悲壮,末联再作痛心酸鼻的哀哭之语,才显得全篇精神振起,有震撼人心的巨大力量。末联二句,道出千古失意英雄的同感。唐代永贞革新的首领王叔文、宋代民族英雄宗泽等人在事业失败时都愤然诵此二语,可见这首诗思想内容与艺术技巧所铸成的悲剧美是如何历久不衰了。

出师未捷身先死,
长使英雄泪满襟。

白 帝

白帝城①中云出门,白帝城下雨翻盆。

高江急峡雷霆斗,古木苍藤日月②昏。

戎马不如归马逸,千家今有百家存。

哀哀寡妇诛求尽,恸哭秋原何处村?

注 释

①白帝城:原名紫阳城,它是新莽时公孙述割据四川之际建筑的。因为传说城中有井,井中白雾腾空,于是公孙述自称白帝,城也改名为白帝。

②日月:为偏义复词,即指日。

赏 析

这是一首拗体律诗,作于唐代宗大历元年(公元766年)杜甫寓居夔州期间。它打破了固有的格律,以古调或民歌风格掺入律诗,形成奇崛奥峭的风格。

诗的首联即用民歌的复沓句法来写峡江云雨翻腾的奇险景象。登上白帝城楼,只觉云气翻滚,从城门中腾涌而出,此极言山城之高峻。往下看,"城下"大雨倾盆,使人觉得城还在云雨的上头,再次衬出城高。这两句用俗语入诗,再加上音节奇崛,不合一般律诗的平仄,读来颇为拗拙,但也因而有一种劲健的气骨。

下一联承"雨翻盆"而来,具体描写雨景。而且一反上一联的拗拙,写得非常工巧。首先是成功地运用当句对,使形象凝练而集中。"高江"对"急峡""古木"对"苍藤",对偶工稳,铢两悉称;"雷霆"和"日月"各指一物,上下相对。这样,两句中集中了六个形象,一个接一个奔凑到诗人笔下,真有急管繁弦之势,有声有色地传达了雨势的急骤。"高江",指长江此段地势之高,藏"江水顺势而下"意;"急峡",说两山夹水,致峡中水流至急,加以翻盆暴雨,江水猛涨,水势益急,竟使人如闻雷霆一般。从音节上言,这两句平仄完全合律,与上联一拗一工,而有跌宕错落之美。如此写法,后人极为赞赏,宋人范温说:"老杜诗,凡一篇皆工拙相半,古人文章类如此。皆拙固无取,使其皆工,则峭急无古气。"(《潜溪诗眼》)

这两联先以云雨寄兴,暗写时代的动乱,实际是为展现后面那个腥风血雨中的社会面貌造势、作铺垫。

后半首境界陡变,由紧张激烈化为阴惨凄冷。雷声渐远,雨帘已疏,诗人眼前出现了一片雨后萧条的原野。颈联即是写所见:荒原上闲着的"归马"和横遭洗劫后的村庄。这里一个"逸"字值得注意。眼前之马逸则逸矣,看来是无主之马。虽然不必拉车耕地了,其命运难道不可悲吗?十室九空的荒村,那更是怵目惊心了。这一联又运用了当句对,但形式与上联不同,即是将包含相同词素的词语置于句子的前后部分,形成一种纡徐回复、一唱三叹的语调,传达出诗人无穷的感喟和叹息,这和上面急骤的调子形成鲜明对照。

景色惨淡,满目凋敝,那人民生活如何呢?这就逼出尾联碎人肝肠的哀诉。它以典型的悲剧形象,控诉了黑暗现实。孤苦无依的寡妇,终日哀伤,有着多少忧愁和痛苦啊!她的丈夫或许就是死于战乱,然而官府对她家也并不放过,搜刮尽净,那么其他人可想而知。最后写荒原中传来阵阵哭声,在收获的秋季尚且如此,其苦况可以想见。"何处村"是说辨不清哪个村庄有人在哭,造成一种苍茫的悲剧气氛,实际是说无处没有哭声。

　　本诗在意境上的参差变化很值得注意。首先是前后境界的转换,好像乐队在金鼓齐鸣之后奏出了如泣如诉的缕缕哀音;又好像电影在风狂雨暴的场景后,接着出现了一幅满目疮痍的秋原荒村图。这一转换,展现了经过安史之乱后唐代社会的缩影。其次是上下联,甚至一联之内都有变化。如颔联写雨景两句色彩即不同,出句如千军万马,而对句则阻惨凄冷,为转入下面的意境作了铺垫。这种多层次的变化使意境更为丰富,跌宕多姿而不流于平板。王世贞在《艺苑卮言》中指出的"前疏者后必密,半阔者半必细,一实者一必虚",或"一开则一阖,一扬则一抑,一象则一意,无偏用者",就是这个道理。

絶妙佳句

　　戎马不如归马逸,
　　千家今有百家存。

作者简介

于良史,涂州张建封从事。其五言诗词语清丽超逸,讲究对仗,十分工整。诗多写景,同时寄寓思乡和隐逸之情。诗七首,都是佳作,尤以《春山夜月》《宿蓝田山口奉寄沈员外》两首为最善。

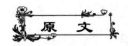
春山夜月

春山多胜事，赏玩夜忘归。

掬水月在手，弄花香满衣。

兴来无远近，欲去惜芳菲①。

南望鸣钟处，楼台深翠微。

诗中山

注　释

①芳菲：形容花草芳香而艳丽。

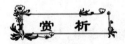
赏　析

　　诗的开头点出：春天的山中有许多美好的事物，自己游春只顾迷恋玩赏，天黑了，竟然忘了归去。这两句，提纲挈领，统率全篇。以下六句，具体展开对"胜事"与"赏玩忘归"的描述。一、二句之间，有因果关系，"多胜事"是"赏玩忘归"的原因。而"胜事"又是全诗发脉的地方。从通篇着眼，如果不能在接着展开的三、四句中将"胜事"写得使人心向往之，那么，其余写"赏玩忘归"的笔墨，势将成为架空之论。

在这关键处，诗人举重若轻，毫不费力地写道："掬水月在手，弄花香满衣"。不能设想还有比这更为恰到好处的描写了：第一，从结构上来看，"掬水"句承第二句的"夜"，"弄花"句承首句的"春"，笔笔紧扣，自然圆到。一、二句波纹初起，至这两句形成高潮，以下写赏玩忘归的五、六两句便是从这里荡开去的波纹。第二，这两句写山中胜事，物我交融，神完气足，人情物态，两面俱到。既见出水清夜静与月白花香，又从"掬水""弄花"的动作中显出诗人的童心不灭与逸兴悠长。所写"胜事"虽然只有两件，却足以以少胜多，以一当十。第三，"掬水"句写泉水清澄明澈照见月影，将明月与泉水合而为一；"弄花"句写山花馥郁之气溢满衣衫，将花香衣香浑为一体。艺术形象虚实结合，字句安排上下对举，使人倍觉意境鲜明，妙趣横生。第四，精于炼字。"掬"字，"弄"字，既写景又写人，既写照又传神，确是神来之笔。

诗人完全沉醉在山中月下的美景之中了。唯兴所适，哪里还计算路程的远近。而当要离开时，对眼前的一花一草怎能不怀依依惜别的深情呢！这就是诗人在写出"胜事"的基础上，接着铺写的"兴来无远近，欲去惜芳菲"二句的诗意。这两句写赏玩忘归，"欲去"二字又为折入末两句南望楼台埋下伏笔。

正当诗人在欲去未去之际，夜风送来了钟声。他翘首南望，只见远方的楼台隐现在一处青翠山色的深处。末两句从近处转向远方，以声音引出画面。展示的虽是远景，但仍然将春山月下特有的情景，用爱怜的笔触轮廓分明地勾勒了出来，并与一、二、三句点题的"春山""夜""月"正好遥相呼应。

综上所述，可见三、四两句是全诗精神所在的地方。这两句在篇中，如石韫玉，似水怀珠，照亮四围。全诗既精雕细琢，又出语天成，自具艺术特色。

春山多胜事,赏玩夜忘归。

掬水月在手,弄花香满衣。

作者简介

　　孟郊(公元 751—814 年),字东野,湖州武康(今浙江德清县)人。唐朝著名诗人,与当时著名诗人,哲学家韩愈结为"忘年交"。韩愈曾以"我愿身为云,东野变成龙"来形容和他的交情之深。早年隐居河南嵩山。后两试不第,直到 46 岁时才中进士。50 岁时任溧阳县尉,56 岁时由河南尹郑余庆推荐为水陆转运判官。元和九年(公元 814 年)任兴元府参军。他带着妻子前注,走到河南乡县时得疾而死,时年 64 岁,葬在洛阳。

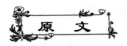

游终南山

南山①塞天地，日月石上生。

高峰夜留景，深谷昼未明。

山中人自正，路险心亦平。

长风②驱松柏，声拂万壑③清。

即此悔读书，朝朝近浮名。

诗中山

①南山：指终南山。中：这里是形容词，"中正""不偏"的意思。

②长风：吹得远、持续得久的风。

③壑：沟，山沟。

赏析

韩愈在《荐士》诗里说孟郊的诗"横空盘硬语，妥帖力排奡"。"硬语"的"硬"，指字句的坚挺有力。这首《游终南山》，在体现这一特点方面很有代表性。沈德潜评此诗"盘空出险语"，又说它与《出峡》诗"上天下天水，出地入地舟""同一奇险"，也是就这一特点而言的。

欣赏这首诗，必须紧扣诗题《游终南山》，切莫忘记那个"游"字。

就实际情况说,终南尽管高大,但远远没有塞满天地。"南山塞天地",的确是硬语盘空,险语惊人。这是作者写他"游"终南山的感受。身在深山,仰望,则山与天连;环顾,则视线为千岩万壑所遮,压根儿看不见山外还有什么空间。用"南山塞天地"概括这种独特的感受,虽"险"而不"怪",虽"夸"而非"诞",简直可以说是"妥帖"得不能再妥帖了。

日和月,当然不是"石上生"的,更不是同时从"石上生"的。"日月石上生"一句,的确"硬"得出奇,"险"得惊人。然而这也是作者写他"游"终南山的感受。日月并提,不是说日月并"生";而是说作者来到终南,既见日升,又见月出,已经度过了几个昼夜。终南之大,作者游兴之浓,也于此曲曲传出。身在终南深处,朝望日,夕望月,都从南山高处初露半轮,然后冉冉升起,这不就像从石上"生"出来一样吗?张九龄的"海上生明月",王湾的"海日生残夜",杜甫的"四更山吐月",都与此同一机杼。孤立地看,"日月石上生"似乎"夸过其理"(《文心雕龙·夸饰》),但和作者"游"终南山的具体情景、具体感受联系起来,就觉得它虽"险"而不"怪",虽"夸"而非"诞"。当然,"险""硬"的风格,使它不可能有"四更山吐月""海上生明月"那样的情韵。

"高峰夜留景,深谷昼未明"两句的风格仍然是"奇险"。在同一地方,"夜"与"景"(日光)互不相容;作者硬把它们安排在一起,怎能不给人以"奇"的感觉?但细玩诗意,"高峰夜留景",不过是说在其他地方已经被夜幕笼罩之后,终南的高峰还留有落日的余晖。极言其高,又没有违背真实。从《诗经·大雅·崧高》"崧高维岳,骏极于天"以来,人们习惯于用"插遥天""出云表"之类的说法来表现山峰之高耸。孟郊却避熟就生,抓取富有特征性的景物加以夸张,就在"言峻则崧高极天"之外另辟蹊径,显得很新颖。在同一地方,"昼"与"未明"(夜)无法并存,作者硬把二者统一起来,自然给人以"险"的感觉。但玩其本意,"深谷昼未明",不过是说在其他地方已经洒满阳光之时，终南的深谷里依然一片幽暗。极言其深，很富有真实感。"险"的风格，还从上下两句的夸张对比中表现出来。同一终南山，其高峰高到"夜留景"，其深谷深到"昼未明"。一高一深，悬殊若此，似乎"夸过其理"。然而这不过是借一高一深表现千岩万壑的千形万态，于以见终南山高深广远，无所不包。究其实，略同于王维的"阴晴众壑殊"，只是风格各异而已。

"长风驱松柏""驱"字下得"险"。然而山高则风长，长风过处，千柏万松，枝枝叶叶，都向一边倾斜，这只有那个"驱"字才能表现得形神毕肖。"声"既无形又无色，谁能看见它在"拂"？"声拂万壑清""拂"字下得"险"。然而那"声"来自"长风驱松柏"，长风过处，千柏万松，枝枝叶叶都在飘拂，也都在发声。说"声拂万壑清"，就把视觉形象和听觉形象统一起来了，使读者于看见万顷松涛之际，又听见万壑清风。

这六句诗以写景为主，给人的感受是：终南自成天地，清幽宜人。插在这中间的两句，以抒情为主。"山中人自正"里的"中"是"正"的同义语。山"中"而不偏，山中人"正"而不邪；因山及人，抒发了赞颂之情。"路险心亦平"中的"险"是"平"的反义词。山中人既然正而不邪，那么，山路再"险"，心还是"平"的。以"路险"作反衬，突出地歌颂了山中人的心地平坦。

硬语盘空，险语惊人，也还有言外之意耐人寻味。赞美终南的万壑清风，就意味着厌恶长安的十丈红尘；赞美山中的人正心平，就意味着厌恶山外的人邪心险。以"即此悔读书，朝朝近浮名"收束全诗，这种言外之意就表现得相当明显了。

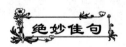

山中人自正，路险心亦平。

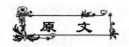
巫山曲

巴江上峡重复重,阳台碧峭十二峰。

荆王猎时逢暮雨,夜卧高丘梦神女①。

轻红流烟湿艳姿,行云飞去明星稀。

目极魂断望不见,猿啼三声泪滴衣。

注 释

①神女:古代传说中的巫山女神,也称巫山之女。传说为之女,一说为炎帝之女,本名瑶姬,未嫁而死,葬于巫山(在今四川,湖北西省边境,东北——西南走向,高1000余米)之阳,因而为神。

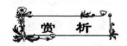
赏 析

乐府旧题有《巫山高》,属鼓吹曲辞。"古辞言江淮水深,无梁可渡,临水远望,思归而已。"(《乐府解题》)而六朝王融、范云所作"杂以阳台神女之事,无复远望思归之意",孟郊此诗就继承这一传统,主咏巫山神女的传说故事(出宋玉《高唐》《神女》二赋)。

"巴江上峡重复重",句中就分明有一舟行之旅人在。沿江上溯,入峡后山重水复,屡经曲折,于是目击了著名的巫山十二峰。诸峰"碧丛丛,高插天"(李贺《巫山高》),"碧峭"二字是能尽传其态的。十二峰中,最为奇峭,也最令人神往的,便是那云烟缭绕、变幻幽明的神女峰。而"阳台"就在峰的南面。神女峰的魅力,与其说来自峰势奇峭,毋宁说来自那"朝朝暮暮,阳台之下"的巫山神女的动人传说。次句点"阳台"二字,是兼有启下的功用的。

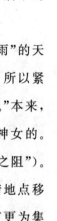

经过巫峡,谁不想起那个古老的神话,但有什么比"但飞萧萧雨"的天气更能使人沉浸入那本有"朝云暮雨"情节的故事境界中去的呢?所以紧接着写到楚王梦遇神女之事:"荆王猎时逢暮雨,夜卧高丘梦神女。"本来,在宋玉赋中,楚王是游云梦、宿高唐(在湖南云梦泽一带)而梦遇神女的。而"高丘"是神女居处(《高唐赋》神女自述:"妾在巫山之阳,高丘之阻")。一字之差,失之千里,却并非笔误,乃是诗人凭借想象,把楚王出猎地点移到巫山附近,梦遇之处由高唐换成神女居处的高丘,便使全诗情节更为集中。这里,上峡舟行值雨与楚王畋猎值雨,在诗境中交织成一片,冥想着的诗人也与故事中的楚王神合了。以下所写既是楚王梦中所见之神女,同时又是诗人想象中的神女。诗写这段传说,意不在楚王,而在通过楚王之梦以写神女。

关于"阳台神女"的描写应该是《巫山曲》的画龙点睛处。"主笔有差,余笔皆败。"(刘熙载《艺概·书概》)而要写好这一笔是十分困难的。其所以难,不仅在于巫山神女乃人人眼中所未见,而更在于这个传说"人物"乃人人心中所早有。这位神女绝不同于一般神女,写得是否神似,读者是感觉得到的。而孟郊此诗成功的关键就在于写好了这一笔。诗人是紧紧抓住"旦为朝云,暮为行雨,朝朝暮暮,阳台之下"(《高唐赋》)的绝妙好辞来进行艺术构思的。神女出场是以"暮雨"的形式:"轻红流烟湿艳姿",神女的离去是以"朝云"的形式:"行云飞去明星稀"。她既具有一般神女的特点,轻盈缥缈,在飞花落红与缭绕的云烟中微呈"艳姿";又具有一般神女所无的特点,她带着晶莹湿润的水光,一忽儿又化着一团霞气,这正是雨、云的特征。因而"这一位"也就不同别的神女了。诗中这极精彩的一笔,就如同为读者心中早已隐隐存在的神女揭开了面纱,使之眉目宛然,光彩照人。这里同时还创造出一种倏晦倏明、迷离恍惚的神话气氛,虽则没有任何叙事成分,却能使人联想到《神女赋》"欢情未接,将辞而去,迁延引身,不可亲附"及"暗然而暝,忽不知处"等等描写,觉有无限情事在不言中。

随着"行云飞去",明星渐稀,这浪漫的一幕在诗人眼前慢慢闭拢了。于是一种惆怅若有所失之感向他袭来,恰如戏迷在一出好戏闭幕时所感到的那样。"目极魂断望不见"就写出其如痴如醉的感觉,与《神女赋》结尾颇为神似(那里,楚王"情独私怀,谁者可语,惆怅垂涕,求之至曙")。最后化用古谚"巴东三峡巫峡长,猿鸣三声泪沾裳"作结。峡中羁旅的愁怀与故事凄艳的结尾及峡中凄迷景象融成一片,使人玩味无穷。

全诗把峡中景色、神话传说及古代谚语熔于一炉,写出了作者在古峡行舟时的一段特殊感受。其风格幽峭奇艳,颇近李贺,在孟郊诗中自为别调。孟郊的诗本有思苦语奇的特点,因此偶涉这类称艳的题材,便很容易趋于幽峭奇艳一途。

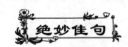

绝妙佳句

目极魂断望不见,
猿啼三声泪滴衣。

作者简介

　　常建，唐代诗人。生卒年、字号均不详。或说长安(今陕西西安)人。开元十五年(公元 727 年)进士。天宝中，官盱眙尉。后隐居鄂渚的西山。他的诗题材比较狭隘，虽也有一些优秀的边塞诗，但绝大部分是描写田园风光，山林逸趣的。在盛唐诗派中曾有王、孟、储、常之称。今存《常建诗集》三卷，辑入《唐六名家集》。《常建集》二卷，辑入《唐百家诗》；《常建诗集》二卷，辑入《唐诗二十六家》。

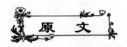
宿王昌龄隐居

清溪深不测,隐处唯孤云。

松际露微月,清光犹为君。

茅亭宿①花影,药院滋苔纹。

余亦谢时②去,西山鸾鹤群③。

注　释

①宿:比喻夜静花影如眠。

②谢时:辞去世俗之累。

③鸾鹤:古常指仙人的禽鸟。

④群:与……为伍。

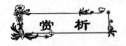
赏　析

这是一首山水隐逸诗,开头两句写王昌龄隐居之所,乃隐居佳镜,别有洞天。中间四句写夜宿此地之后,顿生常住之情,即景生情,一目了然。最后两句作者自己的归志。在盛唐已传为名篇。到清代,更受"神韵派"的推崇,同《题破山寺后禅院》并为常建代表作品。

常建和王昌龄是开元十五年(公元 727 年)同科进士及第的宦友和好

文学常识丛书

友。但在出仕后的经历和归宿却不大相同。常建"沦于一尉"，只做过盱眙县尉，此后便辞官归隐于武昌樊山，即西山。王昌龄虽然仕途坎坷，却并未退隐。题曰"宿王昌龄隐居"，一是指王昌龄出仕前隐居之处，二是说当时王昌龄不在此地。

王昌龄及第时大约已有38岁。此前，他曾隐居石门山。山在今安徽含山县境内，即本诗所说"清溪"所在。常建任职的盱眙，即今江苏盱眙，与石门山分处淮河南北。常建辞官西返武昌樊山，大概渡淮绕道不远，就近到石门山一游，并在王昌龄隐居处住了一夜。

首联写王昌龄隐居所在。"深不测"一作"深不极"，并非指水的深度，而是说清溪水流入石门山深处，见不到头。王昌龄隐居处便在清溪水流入的石门山上，望去只看见一片白云。齐梁隐士、"山中宰相"陶弘景对齐高帝说："山中何所有？岭上多白云。只可自怡悦，不堪持赠君。"因而山中白云便沿为隐者居处的标志，清高风度的象征。但陶弘景是著名阔隐士，白云多；王昌龄却贫穷，云也孤，而更见出清高。清人徐增说："唯见孤云，是昌龄不在，并觉其孤也。"这样理解，也具情趣。

95

中间两联即写夜宿王昌龄隐居处所见所感。王昌龄住处清贫幽雅，一座孤零零的茅屋，即所谓"茅亭"。屋前有松树，屋边种花，院里莳药，见出他的为人和情趣，独居而情不孤，遁世而爱生活。常建夜宿此地，举头望见松树梢头，明月升起，清光照来，格外有情，而无心可猜。想来明月不知今夜主人不在，换了客人，依然多情来伴，故云"犹为君""君"指王昌龄。这既暗示王昌龄不在，更表现隐逸生活的清高情趣。

夜宿茅屋是孤独的，而抬眼看见窗外屋边有花影映来，也别具情意。到院里散步，看见王昌龄莳养的药草长得很好。因为久无人来，路面长出青苔，所以茂盛的药草却滋养了青苔。这又暗示主人不在已久，更在描写隐逸情趣的同时，流露出一种惋惜和期待的情味，表现得含蓄微妙。

末联便写自己的归志。"鸾鹤群"用江淹《登庐山香炉峰》"此山具鸾鹤，往来尽仙灵"语，表示将与鸾鹤仙灵为侣，隐逸终生。这里用了一个"亦"字，很妙。实际上这时王昌龄已登仕路，不再隐居。这"亦"字是虚晃，故意也是善意地说要学王昌龄隐逸，步王昌龄同道，借以婉转地点出讽劝王昌龄坚持初衷而归隐的意思。其实，这也就是本诗的主题思想。题曰"宿王昌龄隐居"，旨在招王昌龄归隐。

这首诗的艺术特点确同《题破山寺后禅院》，"其旨远，其兴僻，佳句辄来，唯论意表"。诗人善于在平易地写景中蕴含着深长的比兴寄喻，形象明朗，诗旨含蓄，而意向显豁，发人联想。

就此诗而论，诗人巧妙地抓住王昌龄从前隐居的旧地，深情地赞叹隐者王昌龄的清高品格和隐逸生活的高尚情趣，诚挚地表示讽劝和期望仕者王昌龄归来的意向。因而在构思和表现上，"唯论意表"的特点更为突出，终篇都赞此劝彼，意在言外，而一片深情又都借景物表达，使王昌龄隐居处的无情景物都充满对王昌龄的深情，愿王昌龄归来。但手法又只是平实描叙，不拟人化。所以，其动人在写情，其悦人在传神，艺术风格确实近王、孟一派。

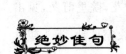

茅亭宿花影，药院滋苔纹。

作 者 简 介

　　韩愈(公元 768—824 年)唐代文学家、哲学家。字退之。河南河阳(今河南孟县)人。郡望昌黎,世称韩昌黎。晚年任吏部侍郎,又称韩吏部。谥号"文",又称韩文公。

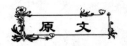

答张十一

山净江空水见沙,哀猿啼处两三家。

筼筜①竞长纤纤笋,踯躅②闲开艳艳花。

未报恩波知死所,莫令炎瘴送生涯③。

吟君诗罢看双鬓,斗④觉霜毛一半加。

注释

①筼筜:竹名。《异物志》曰:"筼筜生水边,长数丈,围一尺五六寸,一节相去六七寸,或相去一尺,庐陵界中有之。"

②踯躅:又名羊踯躅,又名闹羊花,属杜鹃花科,落叶灌木,春季开花,红黄色,极鲜艳。《太平广记》:"南中花多红赤,亦彼之方色也。唯踯躅为胜。岭北时有,不如南之繁多也。山谷间悉生,二月发时,照耀如火,月余不歇。出《岭南异物志》。""闲"一作"初"。

③未报二句:皇帝的深恩我尚未报答,死地亦难预知,但愿不要在南方炎热的瘴气中虚度余生。

④斗:同"陡",忽然、顿时之意。

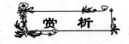赏析

韩愈一生中两次遭贬,《答张十一》是他第一次被贬到广东阳山后的第

二年春天作的。张十一名署,德宗贞元十九年(公元 803 年)与韩愈同为监察御史,一起被贬。张到郴州临武令任上曾有诗赠韩愈,诗云:"九疑峰畔二江前,恋阙思乡日抵年。白简趋朝曾并命,苍梧左宦一联翩。鲛人远泛渔舟火,鹏鸟闲飞露里天。涣汗几时流率土,扁舟西下共归田。"韩愈写此诗作答。诗的前半段写景抒情。"山净江空水见沙,哀猿啼处两三家",勾勒了阳山地区的全景。春山明净,春江空阔,还传达出一种人烟稀少的空寂。寥寥数笔,生动的摹写了荒僻冷落的景象。这一联如同一幅清晰鲜明的水墨画。紧接着第二联是两组近景特写,"筼筜竞长纤纤笋,踯躅闲开艳艳花。"筼筜是一种粗大的竹子。踯躅即羊踯躅,开红黄色的花,生在山谷间,二月花发时,耀眼如火,月余不歇。这一联,可以说是作者为这幅水墨画又点缀了一些鲜艳、明快的色彩,为荒僻的野景增添了春天的生气。上句的"竞"字同下句的"闲"字,不但对仗工稳,而且传神生动。"竞"字把嫩笋争相滋生的蓬勃景象写活了;"闲"字则把羊踯躅随处开放、清闲自得的意态揭示了出来。这四句诗,写了远景,又写了近景,层次分明。有淡墨涂抹的山和水,又有色彩艳丽的绿竹和红花,浓淡相宜,形象突出。再加上哀猿的啼叫,真可谓诗情画意,交相辉映。

　　这首诗中的景物,是与作者此时的处境与心情紧密相连的。它体现了这样两个特点,一是静,二是闲。静从空旷少人烟而生,作者从繁华嘈杂、人事扰扰的京城一下子到了这荒远冷僻的山区,哀猿啼声处处有,人间茅舍两三家,这种静与作者仕途的冷遇相互作用,使他倍感孤独和凄凉。这种闲,由他的处境遭遇而来,这里的一切都显得悠闲超脱,没有羁绊,然而不免使人触景生情。身虽居闲地,心却一刻也没能摆脱朝廷的束缚,常常被"未报恩波"所搅扰,不能得闲,故而格外感慨。作者虽然写的是景,而实际上是在抒发自己内心深处的隐情,正如王夫之《唐诗评选》所说:"寄悲正在比兴处。"

诗的下半段叙事抒情，"未报恩波知死所，莫令炎瘴送生涯。"前句的"未"字贯"报"与"知"，意谓皇帝的深恩我尚未报答，死所也未可得知，但求不要在南方炎热的瘴气中虚度余生而已。这两句是全诗的关键，蕴含着作者内心深处许多矛盾着的隐微之情：有无辜被贬的愤怨与悲愁，又有对自己从此消沉下去的担心；有自己被贬南荒回归无望的叹息，又有对未来建功立业的憧憬。他虽然没有直接说忧愁怨恨，只提到"死所""炎瘴"，却比说出来更为深切。在这样的处境里，还想到"未报恩波"，这体现着儒家"怨而不怒"的精神。有了这一联的铺垫，下一联就容易理解。"吟君诗罢看双鬓，斗觉霜毛一半加。""斗"同"陡"，是顿时的意思。"斗觉"二字用得奇崛，把诗人的感情推向高潮。这一联写得曲折迂回，诗人没有正面写自己如何忧愁，却说读了张署来诗后鬓发顿时白了一半，似乎来诗是愁的原因，这就把全诗唯一正面表现愁怨的地方掩盖住了。并且写愁不说愁，只说霜毛陡加，至于何以至此，尽在不言之中。诗意婉转，韵味浓厚。

作者似乎尽量要把他那种激愤的感情深深地埋藏在心底，但是又不自觉地在字里行间透露出来，使人感受到那股被压抑着的感情的潜流，读来为之感动，令人回味，形成了这首诗含蓄深沉的特点。

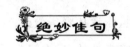

吟君诗罢看双鬓，斗觉霜毛一半加。

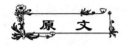

送贵州严大夫①

苍苍森八桂②，兹地③在湘南。

江作青罗带，山如碧玉簪。

户多输翠羽④，家自种黄柑。

远胜登仙去，飞鸾不假骖⑤。

诗中山

①桂州严大夫：严谟，韩愈的朋友，当时被任命到桂州（现在在广西壮族自治区桂林市）去做地方官。

②八桂：桂林的别称。

③兹地：此地，指桂州。

④输翠羽：向官司府缴纳翡翠鸟的羽毛充当赋税。翠羽在古代是一种名贵的装饰品。

⑤飞鸾不假骖：不搭乘飞鸾驾的车子。飞鸾：给仙人驾车的凤凰一类的神鸟；假骖：搭乘车辆。

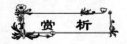

朋友要离开京城长安，到遥远的"山水甲天下"的桂林去上任了，诗人

为他写诗送行。在这首送行诗中,诗人没有抒写离愁别绪,而是驰骋想像,赞美桂林风光之美,物产之盛。

诗人对朋友说:山水苍苍、林木森森的桂林,远在三湘之南。那里的江水绕山而行,宛如青绿的绸带;那里的山峰拔地而起,好似碧玉的发簪;那里珍禽无数,民间多用美丽的翡翠羽毛缴纳官司税;那里果类繁多,家家自种黄柑,果实又大又甜。如今你到那里去任职,经游仙境还要胜过多少倍,就是鸾凤驾车请你上天,也不要随它去啊。

诗人把桂林形容得这样美丽、富饶,令人神往,固然是反映了那里的实际情形,但他的用意却不只是赞美桂林的风光和物产,还要借以勉励朋友欣然前往,希望他到那里以后干出一番事业来。

“江作青罗带,山如碧玉簪”,这是歌咏桂林山水的名句。两个精巧的比喻,抓住桂林青峰挺秀、绿水萦回的景物特点,写得十分生动,美妙;最妙的是,它通过两样装饰性的衣物,将青峰绿水写成统一完整的形象,赋予自然景物以人的姿态和风韵,使佳林山水更显得俏丽妩媚,神采迷人。

文学常识丛书

绝妙佳句

江作青罗带,山如碧玉簪。

作者简介

刘禹锡(公元 772—842 年),唐代文学家、哲学家。字梦得。洛阳(今属河南)人,祖籍中山(今河北定县)。贞元九年进士,官至察御史,反又任连州、和州等刺史,官至检礼部尚书兼太子宾客,有《刘宾客集》,又称《刘梦得集》。

刘禹锡讲究书本上的古老出典,同时又对口头文字的尾词歌谣感兴趣,不但学会了唱民歌,还受了民歌的启发,写出了《竹枝词》《杨柳枝词》等耐人寻味的好诗,创造一种新体裁,终为一代大师。

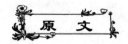

西塞山怀古

王浚①楼船下益州,金陵王气黯然收。

千寻铁锁沉江底②,一片降幡出石头③。

人世几回伤往事,山形依旧枕寒流。

从今四海为家④日,故垒⑤萧萧芦荻秋。

①王浚:字士治,弘农湖县(今河南灵宝西南)人,官益州刺史。

②千寻句:当时吴国曾于江中锁以铁链,王浚用大火炬将它烧断。千寻:古时八尺曰寻,这里只是形容其长。

③降幡:降旗。石头:石头城,故址在今南京清凉山,吴孙权时所筑,唐武德时废。

④四海为家:意即天下统一。

⑤故垒:指西塞出,也包括六朝以来的战争遗迹。

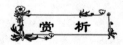

诗人立于西塞山(今湖北大冶东长江南岸)旧时的战垒之上,面对滚滚长江,并没有直接描写当地风光,而是引西(益州——今四川成

文学常识丛书

都)接东（金陵——今江苏南京），贯今通古，一开篇就以苍凉辽远的意境将读者深深吸引。"王浚楼船下益州，金陵王气黯然收。"让秦始皇都害怕的"金陵王气"，在晋国大将王浚沿江东下的浩浩大军面前，却黯然失色，孙坚、孙策、孙权父子历尽艰辛所创基业一朝化为乌有，东吴政权的垮败转眼间成了历史。

"千寻铁锁沉江底，一片降幡出石头。"

煞费苦心的"千寻铁锁"也不能挽回败局，不情愿地沉入江底，吴军望风而逃，石头城上投降的旗幡早已高高挂起。"沉"和"出"二字分别点出孙吴政权气息奄奄、日薄西山之颓势和垮败时的惊慌失措之丑态，用的传神精道。东吴败亡虽是由兴盛走向衰亡的特例，但有了后面"人世几回伤往事"的照应，便有了普遍意义：不论是什么样的人掌权，若不按社会发展规律和执政规律办事，失去民心这个最根本的东西，都会由兴盛走向衰亡，这是不可抗拒的铁的法则。

"人世几回伤往事"与"从今四海为家日"相互映照，看似平常之语的交汇，却如天顶之上炸响的惊雷，在遥远的天际久久回响：尽管现今河山一统，四海一家，可是有谁又能保证那令人悲伤的往事不再重演呢？

"山形依旧枕寒流"从字面上看是冷峻无情，实则反映出的是诗人对李唐王朝"四海为家日"表面繁荣所掩盖的深深危机的深深忧思。

"故垒萧萧芦荻秋"与"山形依旧枕寒流"相叠，让人们仿佛听到看到了诗人面对浩浩江天发出的浩浩慨叹：人世真的就不能长治久安，走出"其兴也勃、其亡也忽"的怪圈和周期吗？一个"寒"字的嵌入，更是含蓄委婉地表达出诗人不随波逐流的冷静头脑和关注天下兴亡的赤子之情，使得纵论千古的豪放中回荡出一股感人至深的沉郁之气。故而，清代薛雪在《一瓢诗话》中说本诗：似议非议，有论无论，笔着纸上，神来天际，气魄法律，无不精道,一生杰作,压倒元(稹)白(居易)。"人世几回伤往事",若有上下千年,纵横万里尽收笔底。

　　人世几回伤往事,山形依旧枕寒流。

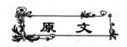

金陵怀古

潮满冶城①渚，日斜征虏亭②。

蔡洲新草绿，幕府③旧烟青。

兴废由人事，山川空地形。

《后庭花》④一曲，幽怨不堪听。

①冶城：三国东吴冶铁之所，故名。晋谢安曾居与此，又名谢公墩。故址在今南京朝天宫附近。

②征虏亭：故址在今南京方山南，由玄武湖大道东出，可至亭。

③幕府：山名。东晋难迁，王导建幕府于此山，因以为名。山在今南京长江南岸。

④《后庭花》：相传为陈后主所作，后代以为亡国之音。

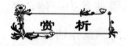

宝历二年（公元826年）冬，刘禹锡由和州返回洛阳，途经金陵。从诗中的写景看来，这诗可能写于次年初春。

"潮满冶城渚，日斜征虏亭。"首联写的是晨景和晚景。诗人为寻访东吴当年冶铸之地——冶城的遗迹来到江边,正逢早潮上涨,水天空阔,满川风涛。冶城这一以冶制吴刀、吴钩著名的古迹究竟在哪儿呢?诗人徘徊寻觅,却四顾茫然。只有那江涛的拍岸声和江边一片荒凉的景象。它仿佛告诉人们:冶城和吴国的雄图霸业一样,早已在时间的长河中消逝得无影无踪了。傍晚时分,征虏亭寂寞地矗立在斜晖之中,伴随着它的不过是投在地上的长长的黑影而已,那东晋王谢贵族之家曾在这里饯行送别的热闹排场,也早已销声匿迹。尽管亭子与夕阳依旧,但人事却已全非。诗在开头两句巧妙地把盛衰对比从景语中道出,使诗歌一落笔就紧扣题意,自然流露出吊古伤今之情。

"蔡洲新草绿,幕府旧烟青。"颔联两句虽然仍是写景,但此处写的景,则不仅是对历史陈迹的凭吊,而且以雄伟美丽的山川为见证以抒怀,借以形象地表达出诗人对某一历史问题的识见。看哪,时序虽在春寒料峭之中,那江心不沉的战船——蔡洲却已长出一片嫩绿的新草;那向称金陵门户的幕府山正雄视大江,山顶上升起袅袅青烟,光景依然如旧。面对着滔滔江流,诗人想起了东晋军阀苏峻曾一度袭破金陵,企图凭借险阻,建立霸业。不久陶侃、温峤起兵在此伐叛,舟师四万次于蔡洲。一时舳舻相望,旌旗蔽空,激战累日,终于击败苏峻,使晋室转危为安。他还想起幕府山正是由于丞相王导曾在此建立幕府屯兵驻守而得名。但曾几何时,东晋仍然被刘宋所代替,衡阳王刘义季出任南兖州刺史,此山从此又成为刘宋新贵们祖饯之处。山川风物在变幻的历史长河中有没有变异呢?没有,诗人看到的仍是:春草年年绿,旧烟岁岁青。这一联熔古今事与眼前景为一体,"新草绿""旧烟青"六字下得醒豁鲜明,情景交融,并为下文的感慨作铺垫。

"兴废由人事,山川空地形。"颈联承上两联转入议论。诗人以极其精炼的语言揭示了六朝兴亡的秘密,并示警当世。六朝的繁华哪里去了?当时的权贵而今安在?险要的山川形势并没有为他们的长治久安提供保障;

文学常识丛书

国家兴亡,原当取决于人事!在这一联里,诗人思接千里,自铸伟词,提出了社稷之存"在德不在险"的卓越见解。后来王安石《金陵怀古》四首其二:"天兵南下此桥江,敌国当时指顾降。山水雄豪空复在,君王神武自无双。"即由此化出。足见议论之高,识见之卓。

尾联"《后庭花》一曲,幽怨不堪听"。六朝帝王凭恃天险、纵情享乐而国亡,历史的教训有没有被后世记取呢?诗人以《玉树后庭花》尚在流行暗示当今唐代的统治者依托关中百二山河之险,沉溺在声色享乐之中,正步着六朝的后尘,其后果是不堪设想的。《玉树后庭花》是公认的亡国之音。诗含蓄地把鉴戒亡国之意寄寓于一种音乐现象之中,可谓意味深长。晚唐诗人杜牧的《泊秦淮》:"商女不知亡国恨,隔江犹唱《后庭花》",便是脱胎于此。

《贞一斋诗说》说:"咏史诗不必凿凿指事实,看古人名作可见。"刘禹锡这首诗就是这样,首联从题前摇曳而来,尾联从题后迤逦而去。前两联只点出与六朝有关的金陵名胜古迹,以暗示千古兴亡之所由,而不是为了追怀一朝、一帝、一事、一物。至后两联则通过议论和感慨借古讽今,揭示出全诗主旨。这种手法,用在咏史诗、怀古诗中是颇为高明的。

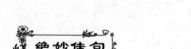

绝妙佳句

兴废由人事,
山川空地形。

作者简介

贾岛（公元 779—843 年），唐代诗人。字浪仙。范阳（今北京附近）人。早年出家为僧，号无本。贾岛诗在晚唐形成流派，影响颇大。唐代张为《诗人主客图》列为"清奇雅正"升堂七人之一。清代李怀民《中晚唐诗人主客图》则称之为"清奇僻苦主"，并列其"入室""及门"弟子多人。晚唐李洞、五代孙晟等人十分尊崇贾岛，甚至对他的画像及诗集焚香礼拜，事之如神。

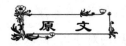

寻隐者不遇①

松下问童子②，言师采药去。

只在此山中，云深不知处③。

注　释

①寻：寻访。隐者：古代隐居在山林中的人。

②童子：这是指隐者的弟子。

③处：地方。

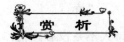

赏　析

　　贾岛是大家熟悉的唐朝著名的苦吟诗人，提起他，我们自然会想到他的名句："鸟宿池边树，僧推月下门。"为了是用"推门"好，还是"敲门"好，他费尽心机。因此，在一般人的心目中，只知道贾岛炼字上的工夫，其实，炼字并不能概括他诗歌创作的特点。《寻隐者不遇》信笔所之，脱口而出，句句明白如话，字字平淡无奇，似乎并没有什么可以值得挑出来推敲、玩味的。然而，正是这"明白如话""平淡无奇"，形成了这首诗最大的特色：含糊其辞，妙在其中。

　　明白如话的诗，又怎么会是含糊其辞呢？它的妙处又在何处呢？

除诗题外,全诗只有区区 20 字,却涉及到三个人物:寻者、童子、隐者。从诗题可以看出,诗中的主角应该是隐者,因为他是"寻"的对象,是诗歌主要描述的人物。可是,诗中的前两句,写诗人与童子的一问一答;后两句寓问于答中,四句诗对隐者没有一丝一毫的明确交代:其身份、气质、品格等等,都深深地隐在诗句的背后。这不是含糊其辞吗!

然而,正是这"含糊其辞",给读者留出了发挥想象的空间。只要细心地品味诗句,你不难发现隐者若即若离,时隐时现,活跃在诗句营造的画境深处。深入一想,诗中的古松、白云、青山、童子、草药,哪一样不与隐者有着密切的关系呢?他身居云山,远离尘世,与青松做伴,与童子相依,采药为生,济世活人,其超凡的隐者身份,高古脱俗的气质,闲适高雅的品格,在含糊其辞的诗句之中,在隐隐约约的画境深处,飘然显现。可见,写人不见人,却又在字里行间飘忽闪现,正是"含糊其辞"的妙处。

诗人写人物含糊其辞,表达自我感情时也颇为"含糊其辞"。按照常人的心理,寻人不遇,多多少少都会在心里激起情感的波澜:或渴望、或失望、或激动、或怅惘。而诗人面对"寻"而"不遇",诗句中没有一句明确表示情感话语,淡淡而入,淡淡而出,仿佛一切与己无关。古人云"诗言志"。志者,心声也。没有诗人的感情能成为一首诗吗?当然,诗人不是没有感情,只是表达得"含糊"而已。

其实,诗人的内心并非古井止水,波澜不惊。"松下问童子",一个问字,就透露出诗人饱含仰慕之情,满怀希望而来。而童子的"言师采药去",答非所想,满怀的希望一下子坠入失望,感情起伏跌宕,真如从沸点降至冰点。继而"只在此山中"一句,又使失望之中萌生了一丝希望:隐者没有远去,或许还有见面的可能。可是"云深不知处"又让人迷茫:云海漫漫,深远缥缈,隐者究竟在什么地方呢?一问一答,几起几伏,曲折尽情地表现了诗人的内心波澜。最后,借助"云深不知处"的画面,任读者去眺望,去探求,去咀嚼。从迷濛的画面中,去体会诗人心中那一丝寻而不遇的惘然若失之感,得出自己的感受。这岂不是含糊之极,又清楚之至吗?

言简方可意长,含糊才有余韵。所谓"含糊其辞"只是一种"含蓄"的表述手法。《寻隐者不遇》中,诗人用明白如话的诗句,表达"含糊其辞"的意象,是他苦心孤诣的追求,这或许正是这首诗成为千古传诵的一条重要的原因吧。

只在此山中,云深不知处。

作者简介

杜牧(公元 803—852 年),唐文学家。京兆万年(今陕西西安)人,字牧之,杜佑孙,大和进士。曾为江西观察使、宣歙观察使沈传师和淮南节度使牛僧孺的幕僚,历任监察御史,黄、池、睦诸州刺史。后入为司勋员外郎,官终中书舍人。以济世之才自负,曾注曹操所定《孙子兵法》十三篇。诗文中多指陈及讽谕时政之作。写景抒情的小诗,多清丽生动。其诗在晚唐成就颇高,后人称杜甫为"老杜",称杜牧为"小杜"。有《樊川文集》。

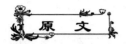

山 行①

诗中山

远上寒山石径斜②,

白云深处有人家。

停车坐③爱枫林晚,

霜叶红于④二月花。

注 释

①山行:在山里走。

②寒山:深秋时节的山。径:小路。

③坐:因为、由于。

④于:比。

115

赏 析

　　这首诗,看来是从长途旅行图中截取的"山行"片断。第三句的"晚"字透露出诗人已经赶了一天路,该找个"人家"休息了。如今正"远上寒山",在倾斜的石径上行进。顺着石径向高处远远望去,忽见"白云生处有人家",不仅风光很美,而且赶到那里,就可以歇脚了。第二句将"停车"提前,产生了引人入胜的效应。天色已"晚""人家"尚远,为什么突然"停车"?原来他发现路边有一片"枫林",由于"爱"那片夕阳斜照下的"枫林",因而"停车"观赏。"停车"突出"爱"字,"爱"字引出结句。

黄叔灿《唐诗笺注》云:"'霜叶红于二月花'真名句。"俞陛云《诗境浅说续编》云:"诗人之咏及红叶者多矣,如'林间暖酒烧红叶','红树青山好放船'等句,尤脍炙诗坛,播诸图画。惟杜牧诗专赏其色之艳,谓胜于春花。当风劲霜严之际,独绚秋光,红黄绀紫,诸色咸备,笼山络野,春花无此大观,宜司勋特赏于艳李秾桃外也。"不错,笼山络野的枫林红叶的确美艳绝伦,但被"悲秋意识"牢笼的封建文人却很难产生美感。用一个大书特书的"爱"字领起,满心欢喜地赞美枫叶"红于二月花",不仅写景如画,而且表现了诗人豪爽乐观的精神风貌。

"寒山""石径""白云""人家""霜叶",由"上寒山""停车"的主人公用惊喜的目光统摄起来,构成一幅秋山旅行图。当然,说这是"图",并不确切,因为"上寒山""白云生""停车"都是动态,"爱"更是活泼泼的心态,都画不出来。

全诗的重点在第四句,前三句全是为突出第四句起烘托、铺垫作用。第一句用"寒"字,是为了唤起第四句"霜叶";第二句写"白云",是为了用色彩的强烈对比反衬第四句的"霜叶"异常"红"艳,给人以"红于二月花"的感受。更有力的铺垫还是由急于赶路而突然"停车"以及由此突出的那个"爱"字,前面已分析过了。还有"枫林晚"的那个"晚"字,意味着夕阳将落,火红的光芒斜射过来,更使满林枫叶红得快要燃烧。构思新颖,布局精巧,于萧瑟秋风中摄取绚丽秋色,与春光争胜,令人赏心悦目,精神发越。兼之语言明畅,音韵和谐,宜其万口传诵,经久不衰。

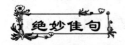

停车坐爱枫林晚,

霜叶红于二月花。

作者简介

　　许浑(？—约858年)，字用晦，一作仲晦，润州丹阳(今属江苏)人。武后朝宰相许圉师六世孙。文宗大和六年(公元832年)进士及第，先后任当涂、太平令，因病免。大中年间入为监察御史，因病乞归，后复出仕，任润州司马。历虞部员外郎，转睦、郢二州刺史。晚年归丹阳丁卯桥村舍闲居，自编诗集，曰《丁卯集》。其诗皆近体，五七津尤多，句法圆熟工稳，声调平仄自成一格，即所谓"丁卯体"。诗多写"水"，故有"许浑千首湿"之讽。

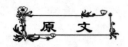

金陵①怀古

玉树歌残王气②终，景阳③兵合戍楼空。

松楸远近千官冢，禾黍高低六代宫。

石燕④拂云晴亦雨，江豚吹浪夜还风。

英雄一去豪华⑤尽，唯有青山似洛中。

文学常识丛书

①金陵：就是现在的南京，曾有六个朝代在此建过京都。

②王气：用在此处，有两个典故。其一，语源出自《晋书》据说秦始皇时，有一个能看风水的人，说金陵这地方像龙蟠虎踞，有天子气象，五百年后，一定会出一个皇帝。秦始皇怕他子孙的皇位被别人夺去，就发兵把城北的山开掉，并把地名改为秣陵，以荡涤它的王气。其二，语出《南史》，据说后主听到隋军王渡江进攻，便说："王气在这里，别怕敌人必定会自败。"

③景阳：是陈后主宫中的楼名，楼前有一口井，隋兵冲入景阳宫时，后主和他的孔贵妃，美人张丽华一起投井自杀，被隋兵拉了出来。

④石燕：和下句的"江豚"形容万古长存的事物。

⑤豪华：代表已经消亡的六朝历史事物。

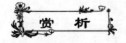

金陵是孙吴、东晋和南朝的宋、齐、梁、陈的古都，隋唐以来，由于政治

中心的转移，无复六朝的金粉繁华。金陵的盛衰沧桑，成为许多后代诗人寄慨言志的话题。一般咏怀金陵的诗，多指一景一事而言，许浑这首七律则"浑写大意""涵盖一切"（俞陛云《诗境浅说》），具有高度的艺术概括性。

诗以追述隋兵灭陈的史事发端，写南朝最后一个小朝廷，在陈后主所制乐曲《玉树后庭花》的靡靡之音中覆灭。

公元 589 年，隋军攻陷金陵，《玉树后庭花》曲犹未尽，金陵却已末日来临，隋朝大军直逼景阳宫外，城防形同虚设，陈后主束手就擒，陈朝灭亡。这是金陵由盛转衰的开始，全诗以此发端，可谓善抓关键。

颔联描写金陵的衰败景象。元代以来的达官贵族的荒冢，现在已只见远近的松楸。向来是宫殿巍峨的地方，现在也只有高高低低地禾黍。"松楸"，坟墓上的树木。诗人登高而望，远近高低尽是松楸荒冢，残宫禾黍。南朝的繁荣盛况，已成为历史的陈迹。

前两联在内容安排上采用了逆挽的手法：首先追述对前朝历史的遥想，然后补写引起这种遥想的眼前景物。这就突出了陈朝灭亡这一金陵盛衰的转折点及其蕴含的历史教训。

颈联用比兴手法概括世间的风云变幻。这里，"拂"字、"吹"字写得传神，"亦"字、"还"字写得含蓄。"拂云"描写石燕掠雨穿云的形象，"吹浪"表现江豚兴风鼓浪的气势。"晴亦雨"意味着"阴固雨""夜还风"显见得"日已风"。"江豚"和"石燕"，象征历史上叱咤风雨的人物，如尾联所说的英雄。这两句通过江上风云晴雨的变化，表现人类社会的干戈起伏和历代王朝的兴亡交替。

尾联照应开头，抒发了诗人对于繁华易逝的感慨。英雄，指曾占据金陵的历代帝王。金陵和洛阳都有群山环绕，地形相似，所以李白《金陵三首》有"山似洛阳多"的诗句。"唯有青山似洛中"，就是说今日的金陵除去山川地势与六朝时依然相似，其余的一切都大不一样了。江山不改，世事多变,令人感慨万千。

这首怀古七律,在选取形象、锤炼字句方面很见功力。例如中间两联,都以自然景象反映社会的变化,手法和景物却大不相同:颔联采取赋的写法进行直观的描述,颈联借助比兴取得暗示的效果;松楸、禾黍都是现实中司空见惯的植物,石燕和江豚则是传说里面神奇怪诞的动物。这样,既写出各式各样丰富多彩的形象,又烘托了一种神秘莫测的浪漫主义气氛。

至于炼字,以首联为例:"残"和"空",从文化生活和军事设施两方面反映陈朝的腐败,一文一武,点染出陈亡之前金陵城一片没落不堪的景象;"合"字又以泰山压顶之势,表现隋朝大军兵临城下的威力;"王气终"则与尾联的"豪华尽"前后相应,抒写金陵繁华一去不返、人间权势终归于尽的慨叹,读来令人不禁怅然。

英雄一去豪华尽,唯有青山似洛中。

作者简介

温庭筠(公元 812—870 年),本名岐,字飞卿,今山西祁县人。文思敏捷,精通音津。每入试,押官韵,八又手而成八韵,时号"温八又"。仕途不得意,官止国子助教。诗辞藻华丽,少数作品对时政有所反映。与李商隐齐名,并称"温李"。亦作词,他是第一个专力于"倚声填词"的诗人,其词多写花间月下、闺情绮怨,形成了以绮艳香软为特征的花间词风,被称为"花间派"鼻祖,对五代以后词的大发展起了很强的推动作用。唯题材偏窄,被人讥为"男子而作闺音"。其词结有《金荃集》。

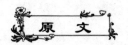

处士卢岵山居

西溪问樵客①，遥识主人家。

古树老连石，急泉清露沙。

千峰随雨暗，一径入云斜②。

日暮鸟飞散，满山荞麦③花。

①樵客：即樵夫，但带尊重味，隐隐暗示并非俗人。

②径：小道。入云斜：即斜入云，形容小道的漫长。

③荞麦：瘠薄山地常种的一种农作物，春天开小白花。

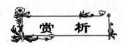

这首诗没有直接写卢岵，也没有直接写作者的心情，而是只写卢岵处士山居的景色。通过山居景色的描写，反映其人品的高洁及作者的景慕之情。

一、二两句是说先向砍柴的人打听卢岵山居的所在地，然后远远地认准方向走去。通过"问樵客""遥识"的写法，暗示出卢岵山居的幽僻。作者不称砍柴的人为樵子、樵夫，而称之为"樵客"，意味着这个砍柴者并不是俗人，这对于诗的气氛也起着一定的渲染作用。

三、四两句写一路所见，是近景。古树老根缠石，仿佛它天生是连着石头长起来的。湍急清澈的泉水，把面上的浮土、树叶冲走了，露出泉底的沙子来，更显得水明沙净。这两句形象地描绘了幽僻山径中特有的景物和色彩。而与此相应，作者用的是律诗中的拗句，"老"字和"清"字的平仄对拗，在音节上也加强了高古、清幽的气氛。

五、六两句写人望的远景。"千峰"言山峰之多，因在雨中显得幽暗，看不清楚。"一径入云斜"和"千峰随雨暗"相对照，见得那通往卢岵山居小路的高峻、幽深，曲曲弯弯一直通向烟云深处。这两句改用协调的音节，一方面是为了增加变化，一方面也是和写远景的阔大相适应的。

七、八两句又改用拗句的音节，仍是和通篇突出山居景物的特殊色彩相适应的。而写景物的特殊色彩又是为了写人，为了衬托古朴高洁的"处士"形象。

"荞麦"是瘠薄山地常种的作物，春间开小白花。在日照强烈的白天里，小白花不显眼，等到日暮鸟散，才显出满山的荞麦花一片洁白。荞麦花既和描写处士的山居风光相适应，同时，也说明处士的生活虽然孤高，也并非和人世完全隔绝，借此又点明了作者造访的季节——春天。

全诗的层次非常清楚，景物写得虽多而错落有致。更重要的是通过景物的特殊色彩，使读者对卢岵处士生活的古朴和人品的孤高有一个深刻的印象。作者的这种比较特殊的表现手法，应该说是很成功的。

诗中山

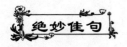

绝妙佳句

日暮鸟飞散，满山荞麦花。

作者简介

陆龟蒙,中国唐代文学家。字鲁望。苏州(今属江苏)人。生卒年不详。举进士不中,居松江甫里,经营茶园,常泛舟于太湖,自称江湖散人。后以高士召,不赴。陆龟蒙与皮日休为友,世称皮陆。他的诗作如《新沙》《筑城词》,讽刺封建官员残酷剥削人民,揭露将军以人民生命求高功,都与皮日休乐府精神相近。又有一些即景抒怀的近体,情趣清高,神韵颇佳。如七绝《怀宛陵旧游》《白莲》等作,甚受清代神韵派诗人称道。陆龟蒙小品文成就胜于其诗。如《田舍赋》《野庙碑》等篇,对封建统治者及迷信封建道德作了辛辣的讽刺,具有独特的光采和锋芒。

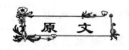

怀宛陵^①旧游

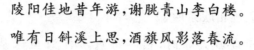

陵阳佳地昔年游，谢朓青山李白楼。

唯有日斜溪上思，酒旗风影落春流。

①宛陵：汉代设置的一个古县城，隋时改名宣城，即今安徽宣城。

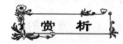

这是一首山水诗，但不是即地即景之作，而是诗人对往年游历的怀念。宛陵是汉代设置的一个古县城，隋时改名宣城（即今安徽宣城）。它三面为陵阳山环抱，前临句溪、宛溪二水，绿水青山，风景佳丽。南齐诗人谢朓曾任宣城太守，建有高楼一座，世称谢公楼，唐代又名叠嶂楼。盛唐诗人李白也曾客游宣城，屡登谢公楼畅饮赋诗。大概是太白遗风所致，谢公楼遂成酒楼。陆龟蒙所怀念的便是有着这些名胜古迹的江南小城。

清人沈德潜很欣赏这诗的末句，评曰："佳句，诗中画本。"（《唐诗别裁》）此评不为无见，但其佳不止在描摹山水如画，更在于溶化着诗人深沉的感慨。通观全诗，前两句是平叙宛陵旧游的怀念，说自己从

125

前曾到陵阳山的那个好地方游历，那里有谢朓、李白的游踪遗迹。后二句是回忆当年留下的最深刻的印象：傍晚，在句溪、宛溪旁缓步独行，夕阳斜照水面，那叠嶂楼的倒影映在水中，它那酒旗仿佛飘落在春天流水中。那情景，最惹人思绪了。为什么惹起思绪？惹起了什么思绪？诗人没有说，也无须说破。前两句既已点出了诗人仰慕的谢朓、李白，后二句描摹的这帧山水图所蕴含的思绪感慨，不言而喻，是与他们的事迹相联系的。

　　谢朓出任宣城太守时，很不得意，"江海虽未从，山林于此始"（《始之宣城郡》）。李白客游宣城，也是牢骚满腹，"抽刀断水水更流，举杯消愁愁更愁"（《宣州谢朓楼饯别校书叔云》）。然而谢朓毕竟还有逸兴，李白更往往是豪游，青青的陵阳山上，那幢谢朓所筑、李白酣饮的高楼，确令人思慕向往。而自己一介布衣，默默无闻，虽然也游过这陵阳佳地，却不能为它再增添一分风韵雅胜。于个人，他愧对前贤；于时世，他深感没落。因此，回想当年旧游，只有那充满迷惘的时逝世衰的情景，给他难忘的深刻印象。这就是西斜的落日，流去的春水，晚风中飘摇的酒旗，流水中破碎的倒影，构成一幅诗意的画境，惹引无限感慨的思绪。由此可见，这首怀念旧游的山水诗，实质上是咏怀古迹、感时伤世之作。

　　这首诗的艺术特色显然在于炼词铸句，熔情入景，因而风物如画，含蓄不尽。前二句点出时间、地点，显出名胜、古迹，抒发了怀念、思慕之情，语言省净，含意丰满，形象鲜明，已充分显示诗人老到的艺术才能。后二句深入主题，突出印象，描写生动，以实见虚，在形似中传神，堪称"画本"，而重在写意。李商隐《锦瑟》中"此情可待成追忆，只是当时已惘然"的那种无望的迷惘，在陆龟蒙这首诗里得到了十分相似的表露。也许这正是本诗的时代特色。诗歌艺术朝着形象地表现

某种印象、情绪的方向发展，在晚唐是一种相当普遍的趋势，这诗即其一例。

唯有日斜溪上思，酒旗风影落春流。

作者简介

钱珝,字瑞文,吴兴人。唐昭宗乾宁二年(公元895年)以尚书郎得掌诰命,后进中书舍人。据《新唐书·钱徽传》记载,钱珝是由宰相王抟推荐知制诰,并进中书舍人的。钱徽是钱珝的祖父。光化三年(公元900年)六月,王抟被贬,不久又赐死,这是昭宗时代的一个大狱,钱珝也被牵连,贬抚州司马。钱珝著有《舟中录》二十卷,已佚。《红楼梦》第十八回曾提到他的《未展芭蕉》诗。《全唐诗》收录他的诗一卷。

江行无题

咫尺①愁风雨，匡庐②不可登。

只疑云雾窟，犹有六朝僧。

诗中山

①咫尺：古代称八寸为咫，咫尺，形容很近的距离。

②匡庐：这里指庐山。

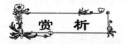

此诗以"咫尺愁风雨，匡庐不可登"作为开头，随手将题目中"江行"的意思镶嵌在内，但没有明说，只是从另一角度隐隐化出，用的是"暗起"的写作手法。

"咫"是八寸。"咫尺"，形容距离极近。"匡庐"即指庐山。近在咫尺，本是极易登临，说"不可登"，是什么原因呢？这是江行遇雨所致，船至庐山脚下，却为风雨所阻，不能登山。"不可登"三字写出了使人发愁的"风雨"之势，"愁"字则透出了诗人不能领略名山风光的懊恼之情。"不可登"，不仅表示了地势的由下而上，而且，也描摹了江舟与山崖之间隔水仰望的空间关系。诗人仅仅用了十个字，即道出当时当地的特定场景，下笔非常简巧。

　　一般说来，描写高山流水的诗歌，作者多从写形或绘色方面去驰骋彩笔。此诗却另辟蹊径，以引人入胜的想象开拓了诗的意境："只疑云雾窟，犹有六朝僧。"庐山为南朝佛教圣地，当时山中多名僧大师寄迹其间。这些往事陈迹，成了诗人联想的纽带。仰望高峰峻岭，云雾缭绕，这一副奇幻莫测的景象，不能不使诗人浮想翩翩：那匡庐深处，烟霞洞窟，也许仍有六朝高僧在隐身栖息吧。此种迹近幻化、亦真亦妄的浪漫情趣，更增添了匡庐的神奇色彩。庐山令人神往的美景很多，诗人却"只疑"佛窟高僧，可见情致的高远和诗思的飘缈了。

　　第三句中的"疑"字用得极好，写出了山色因云雨笼罩而给人的或隐或现的感觉，从而使读者产生意境"高古"的联想。"只疑"和"犹有"之间，一开一阖，在虚幻的想像中渗入似乎真实的判断，更显得情趣盎然。

　　本诗以疑似的想像，再现了诗人内心的高远情致。写法上，似用了国画中的"渝"写技法，以淡淡的水墨来渲染烟雾迷蒙的云水，虚虚实实，将庐山写得扑朔迷离，从而取代了正面写山的有形笔墨，确可视为山水诗中别具神情的一首佳作。

绝妙佳句

　　只疑云雾窟，犹有六朝僧。

作者简介

太上隐者，唐朝人，不著姓名，隐居在终南山，自称太上隐者。

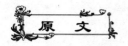

答　人

偶来松树下,高枕石头眠。

山中无历日①,寒尽不知年②。

①历日:指记载年、月、日、时和四季节的历书。

②寒尽:寒气已尽,春天到了。不知年:不知是何年月。

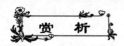

　　如果说陶渊明身居魏晋,慨想羲皇,主要是出于对现实的不满;那么,唐人向往那据说是恬淡无为的太古时代,则多带浪漫的意味。唐时道教流行,此诗作者大约是其皈依者。据《古今诗话》载,这位隐者的来历为人所不知,曾有好事者当面打听他的姓名,他也不答,却写下这首诗。首联"偶来松树下,高枕石头眠",这与其说是"答人",毋宁说是有点像传神的自题小像。"偶来",其行踪显得多么自由无羁,不可追蹑。"高枕",则见其恬淡无忧。"松树""石头",设物布景简朴,却富于深山情趣。

　　在这"别有天地非人间"的山中,如同生活在想像中的远古社会,"虽无纪历志,四时自成岁。"(陶渊明《桃花源诗》)"寒尽"二字,就含四时成岁之意。而且它还进了一步,虽知"寒尽"岁暮,却又"不知年"。这里当含有两层意思：一层是从"无历日"演绎而来，意即"不解数甲子"（唐人诗句："山僧不解数甲子，一叶落知天下秋。"）；二层是不知今是何世之意，犹《桃花源记》的"不知有汉，无论魏晋"。可见诗中人不但在空间上独来独往，在时间上也是无拘无碍的。到这里，"太上隐者"的形象完成了，且有呼之欲出之感。

"五绝无闲字易，有余味难。"（刘熙载《艺概》）此诗字字无虚设，语语古淡，无用力痕迹；其妙处尤在含意丰茸，令人神远。李太白《山中答俗人问》写问而不答，不答而答，表情已觉高逸。此诗则连问答字面俱无，旁若无人，却又是一篇绝妙的"答俗人问"。只不过其回答方式更为活泼无碍，更为得意忘言，令人有"羚羊挂角，无迹可求"之感。

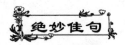

山中无历日，寒尽不知年。

作者简介

梅尧臣(1002—1060 年),北宋诗人,字圣俞。宣州宣城(今属安徽)人。梅诗题材广泛、诗风质朴自然,意境含蓄。刘克庄称其为宋诗"开山祖师"。

历史上宣城古名叫宛陵,故世称梅"宛陵先生"。梅著今存《宛陵先生集》六十卷,《拾遗》一卷,《附录》一卷。

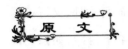

鲁山①山行

适与野情惬②，千山高复低。

好峰随处改③，幽径④独行迷。

霜落熊升树⑤，林空鹿饮溪。

人家在何许⑥？云外一声鸡。

诗中山

135

①鲁山：在今河南鲁山县。

②适：恰好。野情：喜爱山野之情。惬：心意满足。

③随处改：是说山峰随观看的角度而变化。

④幽径：小路。

⑤熊升树：熊爬上树。

⑥何许：何处，哪里。

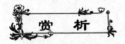

　　鲁山，又名露山，在今河南省鲁山县东北。这首诗是写作者在鲁山漫游的情景。鲁山层峦叠嶂，千峰竞秀，一高一低，蔚为壮观，正好投合我爱好大自然景色的情趣。这就是开头两句诗的意思，说明所以要登鲁山游览，是因为内合情趣，外有好景，也就成行了。

第二联写山行，走到一处可以看到一种好峰，再走向另一处，又可以看到另一种奇岭，所以说"随处改"。"随处改"这个"改"字下得妙，如果在山中坐立不动，总是一个角度看山，好峰就不"改"了，因为"行"，所以好峰才处处改，由一个画面换成另一画面。以"改"字体现"行"，正切合诗题"山行"的意思。一个人在山间小路上行走，曲曲弯弯，走着走着，连自己也不知走到哪里去了，有时竟迷失了方向。"幽径独行迷""迷"的原因正是诗中说的，一是曲径幽深，容易走错路，二是独行，自己一个人，无人指路，也容易走错路，于是"迷"了。这里把一个人游山的体验逼真地表现出来了。

　　从前半首看，我们还不知他是在什么时候登山的，是春天还是秋天？读到第三联的"霜落""林空"，我们才知道他是在秋天登山的，因为秋天才有霜，霜冻使得树叶都落光了，使得山中的树木一棵棵都光秃秃的，好像空荡荡的。这种"林空"的感觉，是秋天才有的。山林空荡，所以能看到熊瞎子爬到光秃秃的树上；透过稀疏的树缝，还看到野鹿在山溪旁饮水。这一联勾画出了一幅很动人的秋日山林熊鹿图。这画面是动的，熊在爬树，鹿在饮水，可是诗意却是静的，表现了山中人迹罕到、非常幽静的境界，这也是所谓动中有静的写法。

　　在山中走着走着，幽静的秋山，看不到房舍，望不见炊烟，自己也怀疑这山里是不是有人家居住，不禁自问一声"人家在何许（何处）"；正在沉思的时候，忽听得从山间白云上头传来"喔喔"一声鸡叫。噢，原来住家还在那高山顶哩。这最后一句"云外一声鸡"，非常自然，确实给人以"含不尽之意见于言外"的感觉。

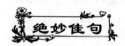

　　人家在何许？云外一声鸡。

作者简介

　　王安石(1021—1086 年),字介甫,号半山,临川人。宋神宗时宰相。创新法,改革旧政,是一个进步的政治家。文学上的主要成就在诗文方面。词作不多,但其特点是能够"一洗五代旧习",不受当时绮靡风气的影响。今传《临川先生歌曲》。

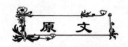
登飞来峰①

飞来山上千②寻塔，闻说鸡鸣见日升③。

不畏浮云④遮望眼，自缘⑤身在最高层。

注 释

①飞来峰：在越州(今浙江绍兴)飞来山，据史志记载，山上有塔高二十三丈，站在山上可见海上日出。

②千寻：极言其高。古以八尺为一"寻"。

③鸡鸣见日升：孟浩然《天台》诗："鸡鸣见日出，常与仙人会。"此用其语意。

④浮云：暗喻奸佞的小人。汉陆贾《新语》："邪臣蔽贤，犹浮云之障白日也。"唐李白《登金陵凤凰台》："总为浮云能蔽日，长安不见使人愁。"

⑤自缘：只因为。

赏 析

王安石是封建社会的大政治家，也是大诗人和散文大师。他在北宋文坛上有杰出的地位。他的诗继承了杜甫、韩愈的传统，善于翻新出奇，它有独创性，无论是思想内容或是艺术手法都有很高的成就。

飞来峰在杭州西湖灵隐寺附近。1050年夏天,王安石在浙江鄞县(现在的浙江宁波)做知县,任满以后回江西临川故乡,路过杭州的时候,写了这首诗。这一年王安石30岁。

第一句"飞来峰上千寻塔",八尺是一寻,千寻塔是极言塔高。第二句"闻说鸡鸣见日升"的"闻说",就是"听说"。作者说:我登上飞来峰顶高高的塔,听说每天黎明鸡叫的时候,在这儿可以看见太阳升起。第三、四句写自己身在塔的最高层,站得高自然看得远,眼底的景物可以一览无余,不怕浮云把视线遮住。

"自缘身在最高层"的"缘",当"因为""由于"讲。我们不要小看这首登高游览的小诗,它体现了诗人的理想和抱负。

鸡鸣看日出是很壮丽的景致。今天我们还把太阳比革命领袖,把阳光普照大地象征革命的辉煌胜利。在北宋仁宗时候,国家表面上平安无事,实际上阶级矛盾和民族矛盾都一天比一天尖锐起来了。王安石作为封建统治阶级内部的一个进步的知识分子,他怀着要求变革现实的雄心壮志,希望有一天能施展他治国平天下的才能。所以他一登到山岭塔顶,就联想到鸡鸣日出时光明灿烂的奇景,通过对这种景物的憧憬表示了对自己前途的展望。"不畏浮云遮望眼"这句看去很浅近,其实是用了典故。西汉的人曾把浮云遮蔽日月比喻奸邪小人在皇帝面前对贤臣进行挑拨离间,让皇帝受到蒙蔽(陆贾《新语·慎微篇》:"故邪臣之蔽贤,犹浮云之障日也")。唐朝的李白就写过两句诗:"总为浮云能蔽日,长安不见使人愁。"(见《登金陵凤凰台》)意思说自己离开长安是由于皇帝听信了小人的谗言。王安石把这个典故反过来用,他说:我不怕浮云遮住我远望的视线,那就是因为我站得最高。这是多么有气魄的豪迈声音!后来王安石在宋神宗的时候做了宰相,任凭旧党怎么反对,他始终坚持贯彻执行新法。

他这种坚决果断的意志,早在这首诗里就流露出来了。这首诗和唐朝诗人王之涣的《登鹳雀楼》诗："白日依山尽,黄河入海流,欲穷千里目,更上一层楼。"有着异曲同工之妙。

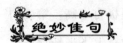

绝妙佳句

不畏浮云遮望眼,自缘身在最高层。

作者简介

　　苏轼(1037年—1101年),字子瞻,号东坡居士,四川眉山人。北宋著名文学家、书画家。诗词开豪放一派,为唐宋八大家之一。

　　苏轼少负才名,博通经史。宋嘉祐二年(1057年)进士,曾官礼部尚书,翰林学士等职。他一生坎坷,多次被贬官放逐。他在宋神宗时曾受重用,然因新旧党争,屡遭贬抑,出任杭州、密州、涂州、湖州等地方官;又因做诗"讪谤朝政",被人构陷入狱。出狱后贬黄州。此后几经起落,再贬惠州、琼州,一直远放到儋州(今海南儋县),从此随缘自适,过着读书作画的晚年生活。直到元符三年(1100年)宋徽宗即位,他才遇赦北归。建中靖国元年(1101年)七月死于常州。

　　苏轼为人正直、性旷达,才华横溢,诗词文赋而外,对书画也很擅长,同蔡襄、黄庭坚、米芾并称"宋四家"。

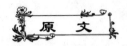

题西林^①壁

横看成岭侧成峰,远近高低各不同。

不识庐山真面目,只缘^②身在此山^③中。

①西林:西林寺,在现在江西省的庐山上。这首诗是题在寺里墙壁上的。

②缘:因为。

③此山:指的是庐山。

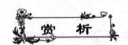

位于江西省北部,耸立于长江南岸、鄱阳湖之滨的庐山,自古有"匡庐奇秀甲天下"的美称。这里不仅冈峦环列,山峰多达九十余座,而且长年云雾缭绕,烟雨弥漫。她那瞬息万变、瑰丽奇迷的山色,为历代文人骚客讴歌不已。唐朝诗人钱起这样写道:

咫尺愁风雨,匡庐不可登。

只疑云雾里,犹有六朝僧。

庐山的风雨云雾使诗人感到惊异骇怪。庐山如此神奇莫测,似乎在于云烟雾霭的作用。然而北宋大诗人苏轼却以他独特的感受,翻出新的意

文学常识丛书

境,这便是脍炙人口的《题西林壁》。这首诗,是苏轼在元丰七年(1084年)四月,与友人参寥同游庐山的西林寺时的作品。其实,十几天前他刚入庐山的时候,曾写过一首五言小诗:"青山若无素,偃蹇不相亲。要识庐山面,他年是故人。"他很风趣地说,第一次见到庐山,好像遇到一位高傲的陌生人,要想和他混熟,今后就得常来常往。于是他"往来山南北十余日"最后写出这篇歌咏庐山的名篇。

在这里,诗人透过云雾的迷纱打算直接体认庐山本体。你看,他从横里看观察,所得到的印象是道道山岭;再从侧面端详,则是座座奇峰。无论是从远处望,近处看,还是高处俯视,低处仰观,所见景象全然不同。然而苏轼并没有像其他诗人那样仅仅止于惊叹和迷惘,而是进一步地思索:人们所看到的万千异态毕竟是局部景致,而并非庐山的本来面目。原因就在于游人未能超然庐山之外统观全貌,一味山间流连,"见木不见林",自然难见其本相。

结尾二句,奇思妙发,整个意境浑然托出,为读者提供了一个回味经验、驰骋想像的空间。难道仅仅是游历山水才有这种理性认识吗?小而言之,我们研讨某个问题时,不是也有因为钻牛角尖而陷入困境的吗?我们从事某项工作时,不是有时也由于纠缠一些枝节而难以自拔吗?大而言之,人们在认识客观世界时,不是常常也有限于某一局部或某一方面的偏见而未能着眼于全局,把握不住客观事物本质吗?……这一切不都是由于当事者"身在此山中",因而"不得庐山真面目"的结果吗?这种种人生境遇与游人看山不得其法何其相似啊!

仁者见仁,智者见智。一首小诗激起人们多少回味和深思!所以,《题西林壁》不单单是诗人歌咏庐山的奇景伟观,同时也是苏轼以哲人的眼光从中得出的真理性的认识。由于这种认识是深刻的,是符合客观规律的,所以诗中除了有谷峰的奇秀形象给人以美感之外,又有深永的哲理启人心智。因此，这首小诗格外来得含蓄蕴藉，思致邈远，使人百读不厌。

这首诗寓意十分深刻，但所用的语言却异常浅显。深入浅出，这正是苏诗的一种语言特色。苏轼写诗，全无雕琢习气。诗人所追求的是用一种质朴无华、条畅流利的语言，表现一种清新的、前人未曾道的意境；而这意境又是不时闪烁着荧荧的哲理之光。从这首诗来看，语言的表述是简明的，而其内涵却是丰富的。也就是说，诗语的本身是形象性和逻辑性的高度统一。诗人在四句诗中，概括地描绘了庐山的形象的特征，同时又准确地指出看山不得要领的道理。鲜明的感性与明晰的理性交织一起，互为因果，诗的形象因此升华为理性王国里的典型，这就是人们为什么千百次的把后两句当作哲理的警句的原因。

如果说宋以前的诗歌传统是以言志、言情为特点的话，那么到了宋朝尤其是苏轼，则出现了以言理为特色的新诗风。这种诗风是宋人在唐诗之后另辟的一条蹊径，用苏轼的话来说，便是"出新意于法度之中，寄妙理于豪放之外"。形成这类诗的特点是：语浅意深，因物寓理，寄至味于淡泊。《题西林壁》就是这样的一首好诗。

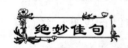

不识庐山真面目，只缘身在此山中。

作 者 简 介

　　陆游(1125—1210年),字务观,号放翁,越州山阴(今浙江省绍兴市)人。南宋爱国诗人。一生创作了大量作品。今存诗将近万首,题材广泛,内容丰富。还有词一百三十首和大量的散文。其中,诗的成就最为显著。前期多为爱国诗,诗风宏丽、豪迈奔放。后期多为田园诗,风格清丽、平淡自然。他的诗最鲜明的特色是洋溢着强烈的爱国主义精神。陆游是爱国主义诗派的一个光辉代表。他的作品以强烈的爱国主义精神和卓越的艺术成就,在中国文学史上获得了重要地位。他继承并发扬了古典诗歌现实主义和浪漫主义的优良传统,在当时和后代的文坛上产生了深刻影响。

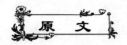

游山西村

莫笑农家腊酒①浑，丰年留客足鸡豚②。

山重水复③疑无路，柳暗花明④又一村。

箫鼓⑤追随春社近，衣冠简朴古风存⑥。

从今若许闲乘月⑦，拄杖无时夜叩门⑧。

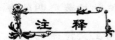

①腊酒：头一年腊月酿制的酒。

②足鸡豚(tún)：意思是准备了丰盛的菜肴。豚：小猪，诗中代指猪肉。

③山重水复：一重重山，一道道水。

④柳暗花明：绿柳繁茂荫浓，鲜花娇艳明丽。

⑤箫鼓：吹箫打鼓。春社：古代把立春后祭祀土地神的日子叫做春社日。

⑥古风存：保留着淳朴古代风俗。

⑦若许：如果这样。闲乘月：有空闲时趁着月光前来。

⑧无时：随时。叩(kòu)门：敲门。

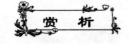

陆游是南宋伟大的爱国诗人，一生勤奋创作，诗歌数量惊人。据他自

己说:"六十年间万首诗。"流传至今的《剑南诗稿》仍保存了九千三百多首,在两宋诗人中翘居首位。这些独具风采的诗篇,其主要内容正如钱钟书先生在《宋诗选注》中所说:"一方面是悲愤激昂,要为国家报仇雪耻,恢复丧失的疆土,解放沦陷的人民;一方面是闲适细腻,咀嚼出日常生活的深永的滋味,熨帖出当前景物的曲折的情状。"这首《游山西村》所描绘的内容属于后者。

这首别开生面的诗篇,作于宋孝宗乾道三年(1167 年)初春。当时陆游正罢官闲居在家。一年前,陆游因在隆兴二年(1164 年)积极支持抗金将帅张浚北伐,符离战败后,同样遭到朝廷中主和投降派的排挤打击,以"力说张浚用兵"的罪名,从隆兴府(今江西南昌市)通判任上罢官归里。陆游回到家乡的心情是相当复杂的,苦闷和激愤的感情交织在一起,然而他并不心灰意冷。"慷慨心犹壮"(《闻雨》)的爱国情绪,使他在农村生活中感受到希望和光明,并将这种感受倾泻到自己的诗歌创作里。

这首诗题为《游山西村》,据《剑南诗稿》卷三十二《幽栖》诗之二自注云:"乾道(二年)丙戌始卜居镜湖之三山。"这个地方是典型的江南水乡小村,距离绍兴城南大约九里,地名西村。这里,山明水秀的优美环境,固然诱发诗人的兴味,而古代抒写田园生活的优秀诗篇,更是陶冶着诗人的性灵。以开创田园诗派著称的陶渊明在《归田园居》诗中所描写的真景实事曾给诗人以启迪。唐代擅长于歌咏山水田园的诗人孟浩然的名作《过故人庄》又给诗人带来了恬淡中有淳美的感受。这些都是陆游诗歌创作所汲取的有益养料。不妨让我们先读一下《过故人庄》:

故人具鸡黍,邀我至田家。绿树村边合,青山郭外斜。

开轩面场圃,把酒话桑麻。待到重阳日,还来就菊花。

孟浩然的《过故人庄》与陆游的《游山西村》题材都是描写农村的风光,然而艺术构思各异。前者主要写"邀我至田家"的眼前情景,而后者侧重写游村的所见所闻。因此，我们欣赏陆游这首诗，必须紧紧扣住诗题的"游"字，才能把握住诗篇的脉络，体会到诗人别具的艺术匠心。

诗人运用凝练的笔触，全篇围绕着一个"游"字铺展，不仅写得层次分明，而且勾勒出一幅色彩明丽的江南农村风光图。

"莫笑农家腊酒浑，丰年留客足鸡豚"。初看起来觉得平淡，就像"故人具鸡黍，邀我至田家"那样，仿佛是一则普通的记事，毫不费力。然而，诗人从这里的起句，写自己游村突然来到农家，主人盛情留客，渲染出农家丰收后的欢乐气氛，为下面出游写景抒情作了有力的铺垫。"腊酒"，指腊月（农历十二月）里自酿的米酒。这是稻谷丰收后出现的喜人景象。腊酒在开春后饮用，外表显得有点浑浊，但是它有着名酒般的醇美。何况农家主人又是那样热情待客，还备有丰盛的佳肴呢！豚，指小猪，这里"足鸡豚"是形容农家待客的菜肴极为丰盛。

"山重水复疑无路，柳暗花明又一村"。这是一联脍炙人口的名句。它的妙处，不仅在善于描写难状之景以及对仗的工巧，而是在于"等闲语言变瑰奇"，出语自然天成，又富于哲理，耐人咀嚼。把这种自然景象摄入诗篇里，在唐代诗人的笔下早就描绘过，如王维《蓝田山石门精舍》："遥爱云木秀，初疑路不同；安知清流转，忽与前山通。"到了宋代诗人手里，也有所描摹，如王安石《江上》："青山缭绕疑无路，忽见千帆隐映来。"时代接近于陆游的诗人还有强彦文，他的诗歌有唐人的风致，曾写过"远山初见疑无路，曲径徐行渐有村"的诗句。但在意境的开拓上，可以这样说，这些诗句要远逊于陆游。这联上句通过一个"疑"字，把徐行山村而周围山峦重叠、流水萦绕的迷路的感觉，刻画得形神毕现；下句承上，把移步换形所见之繁花似锦的春日美景，描绘得宛然在目。这样使感觉的形象与视觉的形象有机结合在一起，构成一幅优美动人而又奇妙的画面。《唐宋诗醇》评这二句说："有如弹丸脱手，不独善写难状之景。"这个评价是有见地的。这一联不仅写得极其自然，而且用语浅近，含意丰富；仿佛信手拈来，然而出人意表。所以千百年来一直赢得人们的普遍喜爱，如今已成为广泛流传的成语。当人们吟诵这两句诗时，不单是欣赏这难以言状的美妙的山村自然风光，而是从中领悟到它所蕴含的哲理思想的启示——只要人们正视现实，面对重重艰难险阻，不退缩，不畏惧，勇于开拓，发奋前进，那么，前方将是一个充满光明与希望的崭新境界。

"箫鼓追随春社近，衣冠简朴古风存"。诗由写景转入抒情，从村外之景转写村内之情。"春社"，这是我国古代的一种习俗。南宋陈元靓《岁时广记》谓"立春后五戊日为春社"。即立春第五个戊日为春社日。当这一天将来临时，村子里不断的吹箫打鼓声音，响彻云霄，洋溢着一片节日的欢快气氛。乡民们还要向土地神祭祀，以祈求农事的丰收。这个简朴的古代风俗，在当时江南的农村仍然很流行。诗篇不仅反映了农民们渴望丰年的心愿，也表达了诗人喜爱农村生活的真挚感情。

"从今若许闲乘月，拄杖无时夜叩门"。这是全诗的总结，也是漫游山村心情的表述。游村的感受如何呢？山村的迷人景色、村俗的朴实淳美，这些都给诗人留下美好而难忘的印象。今后怎么样呢？诗篇以频来夜游之情收结，余韵不尽。如果说孟浩然诗的最后："待到重阳日，还来就菊花"，表露得非常直率，那么，陆游诗的结尾用笔则比较婉转，诗人吐露的意念是，今后倘有机会乘月明之夜外出闲游的话，我拄着拐杖会随时前来敲门叙谈。这一归结，点明了游村的诗题，而"夜叩门"与首句"农家"遥相呼应，不仅画面完整，而且更耐人寻味。

这首抒写江南农村日常生活的诗篇，题材比较普通，不同的是立意新巧，手法白描，不用辞藻涂抹，而自然成趣。诗人紧扣住诗题"游"字，但又不具体描写游村的过程，而是剪取游村的片断见闻，通过每联一个层次的刻画来体现。首写诗人出游到农家，次写村外之景物，复写村中之情事，末写频来夜游。所写虽各有侧重,但以游村贯穿,并把秀丽的山村自然风光与淳朴的村民习俗和谐地统一在完整的画面上,构成了优美的意境和恬淡、隽永的格调。这可以说是继承了孟浩然诗歌"平淡有思致"的特色而又向前发展了。

山重水复疑无路,柳暗花明又一村。

文学常识丛书

作者简介

　　谭嗣同(1865—1898 年)，字复生，号壮飞，湖南浏阳人。为著名的"戊戌六君子"之一。其代表作《仁学》，对封建君主专制制度进行了强烈的抨击。他的诗感情真挚，志趣豪迈，境界恢弘，笔力遒劲。有《谭嗣同全集》遗世。

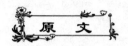
潼 关

终古高云簇此城,秋风吹散马蹄声。

河流大野犹①嫌束,山入②潼关不解③平。

①犹:仍然。

②"山入"句:山脉走入潼关(以西),峰峦更加突兀高峻。

③不解:不懂,不肯。

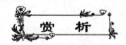

1882年秋,17岁的谭嗣同,从湖南故乡赴甘肃父亲任所途中,经过陕西潼关,在这里饱览了一番北国山河的壮丽风采。潼关,在陕西潼关县北,古为桃林塞,东汉时设潼关。潼关关城雄踞山腰,下临黄河。

这位英气勃发的少年,骑马登上半山间的潼关古道,傍山监河,乘兴前进,任清脆的马蹄声被猎猎西风吹散、吹远,飞入滚滚的云涛里。伟大的壮观还在更高更远的地方。潼关地处陕西、山西、河南三省交界点,南邻华山群峰,东望豫西平原。诗人立马城关,眼见黄河从北面高原峡谷奔腾怒吼而来,到悬崖脚下猛然一转弯,奔向平坦广阔的原野,但气势却不见缓和,好像仍嫌河床箍得太紧;而那连绵不断的山峰,在关东并不怎样惹眼,刚入潼关便突兀而起、耸入云天,一座座争奇斗险,唯恐自己显得过于平庸!

自然,所谓大河"犹嫌束"、群山"不解平",全是黄河、华山的磅礴气势在诗人心理上所引起的感应,反映着这位少年诗人豪迈奔放的激情和冲决封建束缚、追求思想解放的愿望,而这愿望,这激情,同当时神州大地上正在崛起的变革图强的社会潮流,是完全一致的。

19 世纪末,在我国历史上,是一个民族危机空前严重的时代,也是一个民族精神空前高扬的时代。少年谭嗣同出手不凡,透过这首充满浪漫主义精神的山水绝句,我们仿佛能够听到一个迅速临近的新时代的脚步声。

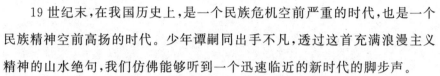

河流大野犹嫌束,山入潼关不解平。